大活字本シリーズ

音の細道

群ようこ

埼玉福祉会

音の細道

装幀　巖谷純介

音の細道　目次

小唄を習う

小唄と三味線をはじめて今年（二〇〇三年）の五月で三年目に入る。三十歳を過ぎたころから三味線に興味を持ったものの、そのまま十数年が過ぎていった。四十も半ばになって、今はじめなければ、これからどんどん、物覚えが悪くなると強迫観念にかられ、どんなジャンルがいいかとカセットテープやCDを買って、検討しはじめた。民謡、長唄、新内、常磐津、清元、小唄、端唄《はうた》、俗曲とあれこれ聴いた。多くは唄の伴奏として使われるが、津軽三味線のように唄無しのものもある。楽器として考えると、津軽三味線がまず頭にあったのだが、あの迫力を考えると、自分がばあさんになったときは無理だなと、この時点であきらめた。その結果、小唄・端唄というジャンルに決めたのだが、厳密にいえば小唄と端唄は違う。しかし私が買ったカセットテープは、小唄と端唄が一緒になっていたので、そのときは同じ種類のものだと思っていたのだ。

決定させたのは「茄子と南瓜」という曲である。唄っていたのは市丸さんという、とてもきれいな芸者さんで、私が子供のころに、よくテレビでお見かけした。同じ三味線でも習いたいなと思うものと、そうでないものがあった。聴くのはいいけれども、自分が習うとなると、その気になれない。そのなかで厳密にいえば端唄である「茄子と南瓜」は異色だった。色っぽい新内、すっきりとした清元とは違い、はっきりいっておちゃらけていた。男女の仲、四季の美しい景色などを唄ったものが多いのに、これは唄の主役が野菜なのである。この変さに私は強くひかれてしまったのだった。

「茄子と南瓜」の文句はこうだ。

「背戸のサ、段畑で、茄子と南瓜の喧嘩がござる。南瓜もとより、悪戯者《いたずらもの》だよ、長い手を出し、茄子の木に搦《から》みつき、そこで茄子めが、黒くなって腹を立つ、そこへ夕顔仲人に出て、これさ待て待て〳〵南瓜、色が黒いとて背が低いとて茄子の木は地主だよ、俺やそなたは店借り身分、他所《よそ》の畑に這入《はい》るのが無理だ。ヤンレソレ奥州街道で南瓜の蔓めが雪隠《せっちん》たおして、後架の手間損、ヤレコリャドウスル、

ヤレコリャドウスル、ドウスル」

（邦楽社　はうた俗曲集二より引用）

私は酒も飲めないし、宴席も苦手だが、この、「あー、こりゃこりゃ感」は捨てがたかった。どうせやるなら楽しんでできるほうがいい。寄席の出囃子《でばやし》や俗曲も、

「あー、こりゃこりゃ」

と弾けたらとても楽しそうだった。

で、たまたま紹介してくれる人がいて、今の師匠にお世話になっているのだが、私はお稽古をはじめて、ものすごく無知だったことがわかった。三味線は唄の伴奏だから、

「この唄の伴奏を弾きたいです」

とお願いすれば、三味線のパートだけを教えていただけるのかと思っていたら、そうではなかった。唄をちゃんと覚えてからでないとだめなのだ。唄と伴奏は一体になっているもので、唄が苦手な私としては予想外の展開になった。

「どうして唄を覚えなければならないのか」

と首をかしげたが、現実的にお稽古には楽譜は一切、使わないし、ピアノの楽譜のように一律に同じ旋律ではなかったりするし、「茄子と南瓜」にしても人によって文句が多少違ったり、この後に別の文句がつけ加えられていたりする。たとえば、藤本二三吉のＣＤだと、

「ヤレコリャドウスル、ドウスル」

の後に、

「汽車は出て行く煙は残る残る煙が癪の種コリャ〳〵一里二里なら伝馬で通う五里と離れりゃ風便りコリャ〳〵鳥啼《な》きでも知れそうなものよ　明け暮れあなたのことばかり」

と続く。

（コロムビア　二三吉端唄　下より引用）

同じ「茄子と南瓜」でも教えていただいた師匠によって、違う場合が十分にありうる。そういうところも面白いなあと、あらためて感じた。

それにだいたい小唄というものは、他の邦楽やお芝居などの素養がある、そういう趣味人が楽しみでやるもので、普通、小唄の小の字も

知らず、ましてや芝居の知識もない私みたいな無粋《ぶすい》な人間が、

「お願いします」

と教えていただけるようなものではなかった。端唄は小唄の短いものと単純に考えていたが、まず端唄があって、そこから小唄が発生したのもはじめて知った。俗曲などは師匠について教えていただくというよりも、旦那衆が芸者遊びをしていて、そのなかで、

「ちょっと、それいいねえ」

と伝わっていったのではないだろうか。

あまりに無知すぎる私にとっては、どれもこれもが新鮮だった。入門時に購入する唄本には文字だけで音符は一切書いてない。以前はいろは順だったが、現在は唄の出だしがあいうえお順で並んでいる。例

外もあるが多くの場合、唄の出だしの文句がそのまま、唄のタイトルになる。芝居、新内、常磐津、清元など、すべてのエッセンスが合体している小唄の内容は、いちばん多いのが男女の仲に関してだが、面白いものもたくさんある。また唄の文句を読んでいるだけで、

「よくこういう表現ができるなあ」

と感心することも多く、唄本を読み耽《ふけ》った。

「誓紙書くたび三羽ずつ　烏が熊野で死んだげな」

という短い小唄には笑ったし、使われている言葉にも、「顔にてりそう初螢」「いつしかに縁は深川なれそめて」「一聲は月が啼いたか時鳥《ほととぎす》」など、掛詞や読んだだけで目の前に映像が浮かんでくる奥深さがあった。

しかしいくら文句が美しくても、実際に男女の仲に関する唄だと、どうもうまくいかない。感情移入ができないのである。茄子や南瓜や夕顔の気持ちにはなれるけど、男性と逢えない辛い女性の気持ちはどうも理解できないのだ。

「寝ながらに煙管《キセル》であける連子窓　あれ見やしゃんせこの雪に　鳥も塒《ねぐら》をはなりゃせぬ」

という唄があって、曲も文句も好きなのだが、どうも雰囲気が出ない。

「寝ながらに煙管であける連子窓」

短いなかに、その女性のすべてが表されていて、すごいなと感心はするのだが、上手に唄えるかどうかというのは、全く別問題だった。

照れもあるし、それなりに唄おうとはしているのだが、いつも師匠には、

「うーん、どうもあっさりしすぎてるわねえ」

といわれた。

私が交際した相手の男性を、一度も泊めたことがないと友人にいったら、

「そんなひどい女がいるなんて」

と非難囂々《ごうごう》だったことがある。私としては泊まっていってもかまわなかったのに、家庭があるわけでもないのに、相手が朝方になると帰っていったのだ、向こうの都合だと説明しても、

「いーや、あんたが『帰れ』というような冷たい目つきをしたに違

いない」

と悪者にされた。こんな女に、寝ながら煙管で連子窓を開けるような女性の気持ちになれるわけがない。色っぽかったり、逢いたいけどどうしようかしらと、あれこれ悩んでいる女性の唄を、文句はそのとおりだが情緒もなく、唄い方が見事に鉈切《なたき》りとあっては、師匠だって頭を抱えるだろう。師匠には、

「小唄は品と色気が大事」

といわれているのに、唄ったあと、いつも、

「へへへ」

と頭を掻《か》くしかないのだ。

一緒にお稽古をはじめた三十代はじめの知人も、

「合わない唄だと困るんですよね」

という。若い人はだめだと思うとやる気が失《う》せるらしく、師匠もそれがわかったのか、完全に覚えていないのに、二回のお稽古でうち切りになった唄があったと笑っていた。

「伽羅《きやら》の薫りとこの君様は　幾夜とめてもわしゃ止めあかぬ　寝ても覚めても忘られぬ」

このような気持ちが理解できる人が唄ったら、それなりに色っぽい名曲なのだが、「寝ながらに」と同じように、私たちのような性格の女は、

「どうすんだ、いったい」

とうろたえる。

「で、最近は自己申告することにしました」

彼女が唄いたいといったのは、

「酒と女は氣の薬サ　とにかく浮世は色と酒　ささちょっぴりつまんだ悪縁因縁　なまいだなまいだなまいだ　地獄極楽へずっと行くのも二人連　わしが欲目じゃなけれども　お前の様な美しい女子と地獄へゆくならば　閻魔《えんま》さんでも地蔵さんでも　まだまだまだまだ……」

と続き、最後は、

「鬼ころしー」

で終わる「酒と女」だった。男性や年配の女性が唄う場合がほとんどで、師匠は、

「変わったご趣味ねえ」

と半分呆《あき》れていたという。

「でも『伽羅の薫り』よりは、ずっと唄いやすいです」

彼女は胸を張っていた。

これまでいろいろな唄を教えていただいたが、唄の文句に感動するのと感情移入ができるのとは、全く別物だということがわかった。それはもちろん私が未熟なせいなのだが、師匠にいわせると、「茄子と南瓜」みたいな唄を軽妙洒脱に唄うのも、とても難しいのだそうだ。だから私もまだ教えていただいていない。いずれはお稽古をはじめるきっかけになった、「茄子と南瓜」を教えていただけるようになれるよう、日々精進したいと思っているのである。

ビートルズと北島三郎

人にはその年代によって、ふさわしい好みがある、と思われている。本来好みなんて年代には関係ないものなのかもしれないが、

「やっぱり変」

ということはある。子供がモーニング娘。に目を奪われるのはわかるが、シャルル・アズナブールが好きというと、相当に変わっている。若い娘さんが坂口憲二や、二宮和也にうつつをぬかすのはわかるが、林家ペーのことを考えると、夜も眠れないというのは、ちょっと問題

があるような気がする。同じように若い男の子が松浦亜弥に恋心を抱くのは理解できるけれども、相手が市原悦子だと、ほとんどマニアの域に達している。一人の人でも年代によって、もちろん好みは変化していくけれども、その世代のそれなり、というのは存在するのである。

日本画を描いていながら、欧米至上主義者だった父親は、とにかく歌謡曲が大嫌いだった。ハワイアンやジャズは聴いていたが、テレビからこってこての歌謡曲が流れると、

「うわっ！」

と心底いやそうに顔をしかめた。私は子供のころから、いかに日本の歌謡曲はくだらないかということを、彼から聞かされて育った。特に郷里を思ったりする内容や、修業をする奉公人の歌などは、毛嫌い

していた。末っ子であまりにわがまま放題やらかしたあげくに長兄から勘当された父親は、ほとんど兄姉と付き合いはなかった。郷里の親兄弟を思うとか、歯を食いしばって頑張るなど、自分とは全く興味のない内容で、それをまた歌にするとはどういうことだと、勝手に腹を立てていたらしい。つまり音楽的な深い考察など全くなくて、ただの偏見だったのだが、当時は、

「日本の歌手で認められるのは、フランク永井と松尾和子だけだ」

ときっぱりいわれると、

「はあ、そうですか」

というしかなかった。会社に勤めるでもなく、ずっと家にいる父親から何度も繰り返していわれると、私も何だかそんな気になってきて、

日本のものはくだらないのだと考えるようになってしまったのだ。

舟木一夫にちょっと心を奪われたときもあったが、友だちのお姉さんの影響もあって、小学生のときからビートルズ、ローリング・ストーンズ、アニマルズといったロック系にのめりこんでいった。そうなったらもう、歌謡曲なんて屁のようなものだった。何の理由もなく、日本のものは欧米のものに比べて劣っていると思っていたから、金髪で長髪の西洋人の若い男の子に目をつけた自分は、そこいらへんの子供たちよりも、ずっと程度がいいと思っていた。英語の曲を聴いているというだけで、

「あんたたちとは違うわさ」

と優越感を抱いていた。といっても、実生活が欧米風なわけではな

く、朝食は御飯と味噌汁。おかずは目刺しだったし、畳のある家に住んでいた。なのに気分は欧米人だったのであった。

もちろん、今度のビートルズの新曲について、などと語り合える友だちなんかいないし、逆にそんなに簡単にいてたまるかと思っていた。

（あんたたちみたいな、子供と違うわさ）

いつも同級生を冷ややかな目で眺め、口には出さなかった。一度、口に出したらどうなるかわかっていた。奴らは子供特有のきーきーした声でわめき出し、

「ふざけんじゃないよ」

などと暴れ出す。だから面と向かって馬鹿にせずに、腹のなかで、

（このなーんにも考えていない、ガキども）

と静かに罵倒していた。ちょっとのことで、きゃあきゃあわめいたり、泣いたりする、本当に子供としかいいようがない同級生を、

（おーおー、どいつもこいつも、あんなくだらんことで騒いでおる）

とちっこい冷たい目で、小馬鹿にして眺めていたのだった。

（どうせあんたたちは、「プリーズ・プリーズ・ミー」や「抱きしめたい」や、アニマルズの「朝日のあたる家」なんて知らないでしょ。私はお兄さんやお姉さんが読むような、「ティーンビート」や「ミュージック・ライフ」を買ってるんだから。外国にはもっとすごいものがたくさんあるんだから）

いくら同級生が、橋幸夫だの西郷輝彦だのと騒いでいても、ポールやジョージやジョンの格好よさとは比べ物にならなかった。リンゴは

微妙な位置にいたが、それでも外国人であるだけで、ポイントは高かった。将来、私は外国に行って、外国人と結婚するのだと心に決めた。いっていることも子供で、くだらないことで喧嘩をする同級生の男の子を見ては、

「ここには将来の伴侶はいない」

と断定した。もともと結婚したいと思ってはいなかったが、ビートルズというかっこいい外国人のお兄ちゃんの出現で、外国人だったらいいかもと考え直した。私のなかには日本なんてなかった。ちっこい目は欧米に向けられて、少しでも近づけるようにと意欲満々だったのである。

ところがそんな私に危機が訪れた。ある曲を聴いて、

「がーん」

ときてしまったのである。それは北島三郎の「函館の女《ひと》」だった。あれだけビートルズやアニマルズがどうのこうのといっていたくせに、「函館の女」を聴いたとたんに、無条件で気に入ってしまったのであった。

「そんなはずはない！」

私は自分自身にいいきかせた。

「うそだ、うそだ。絶対にそんなはずはない。最初はこの曲が好きなように思ったかもしれないけど、本当は好きじゃないの。本当に好きなのはビートルズや、アニマルズの、ああいう音楽なんだから。どうして歌謡曲なんか……」

好きになるはずがないと思えば思うほど、「函館の女」が気になって仕方がない。歌詞もすぐ覚えてしまった。ビートルズの英語の歌詞は、全然、覚えられないのにである。ランドセルを背負った学校からの帰り道、つい口をついて出てくるのは、「はあーるばる来たぜ、はっこだてへー」だった。好きだという思いは強いのに、「プリーズ・プリーズ・ミー」は、メロディは覚えたが、歌詞は、「らーなーあーせーじーわーつーまーがー……」としか聞こえないので、適当にごまかして歌っていた。いまひとつ歌える喜びに欠けた。これではいけないと思うのであるが、どうしても小学生には英語を理解するには限界があり、途中で挫折した。うち

にいるときも外に出たときも、ふと口ずさんでいるのは、

「はあーるばる来たぜ、はっこだてへー」

になった。

「うー」

私は頭を抱えた。こんなはずはないと何度もつぶやいた。同級生が気がついてもいない、欧米のかっこいいグループや曲を知っている私が、歌謡曲ごときを好きになるなんて許せない。しかし明らかに鼻歌の回数は、函館のほうが群を抜いて多かった。

この事実は誰にも知られてはならなかった。ふだん、ポールだのジョンだのいっているけれども、万が一、歌謡曲を好きになったとしても、

「だって歌ってる西郷輝彦が、とてもかっこよかったから」

といえば、自分もみんなも納得させられる。顔がかっこいいことは、大事な条件のひとつだったからである。しかし、私の場合は、歌っているのがサブちゃんである。たしかに「函館の女」を聴いたとたん、気分がすかっとした。聴いたとたんに気に入った。しかし、歌謡曲ぎらいだと思っていた自分自身に対しても説明がつかない。小馬鹿にしていた連中の多くは、みな御三家のファンだった。でも私が気に入ったのは、鼻の穴サブちゃんだ。別にサブちゃんの顔を見て、「函館の女」が好きになったわけではない。歌っている曲を聴いて好きになった。が、これでは自分自身にぜーんぜん、説明がつかない。自分はいったい何が好きなのか、わけがわからなくなり、

「これは絶対、他人にはいえない。親にも友だちにもいえない」

と「函館の女」好きをひた隠して、ひたすらビートルズ好きを装い続けた。

その後、グループサウンズにのめりこみ、かっこいいお兄さんたちが歌い、そして鼻歌でも歌える曲がたくさん出てきて、歌謡曲はまた屁のような存在になった。ロックというジャンルが認知されるようになって、海外のいろいろなグループやミュージシャンが台頭してきた。高尚な雰囲気のピンク・フロイド。美しいデビッド・ボウイ。恐るべきギターテクニックのジェフ・ベック……。ロック少女となっていた私には、どれを聴いていいやら迷っちゃうくらいの状況だった。私の欧米かぶれはこれで決定したかのように思えた。ところがまた、私の根源を揺るがす曲が出てきた。中条きよしの「うそ」だった。「折れた煙草の吸い殻で、あなたのうそ」がわかり、「誰かいい人できたのね」と女性が嘆く歌詞である。もう、こってこてではないか。

「ああ、また……」

歌っちゃいかんというのに、つい鼻歌で歌ってしまう。ピンク・フロイドの曲を鼻歌で歌いたくても、それはとっても難しい。

「こんなこと、誰にもいえない……」

ロック少女は忸怩《じくじ》たる思いのまま、こっそりと「うそ」を鼻歌で歌っていた。そしていくらベルボトム・ジーンズにロンドン・ブーツをはいていても、中身は見事に日本人であることを、思い知らされたのであった。

レゲエとご隠居

世の中の人をやる気のある人とない人に分けると、私はやる気のない人間である。子供のときには看護婦さんになりたかったが、大人の、

「努力をすれば、夢はかなう」

という甘い言葉にはのせられなかった。何よりも努力という言葉が嫌いだったのである。小学校の卒業文集のひとことを書くにあたっては、なーんにも頭に浮かばないので、というかやる気がないので、適当に「努力」と書いた。これで何とか場は収まる。しかしめざとい母

親には見つかり、

「心にもないことを書くな!」

と怒られた。同級生で「努力」と書いたのが男子生徒ばかり四人いたが、どいつもこいつも、私と同じく「努力」とはかけはなれた、うすらとんかちな奴ばかりで、日々、努力しているなあと感心する人は、実はそういう言葉は書かない。母親には反論するのが面倒くさく、

「うーん」

とうなって頭を掻いたまま、ずるずると後ずさりをして逃げた。わざわざエネルギーを使って自分の立場を説明しなくても、いずれ頭上の嵐は去っていくからだった。

高校生のときも、都立の三流校で中程度の成績で、太っている以外、

目立つことはなかった。進路の問題が出たときも、何をやりたいという目的など特になく、働くのはなるべく先に延ばそうと、進学を決めた。大学に入ってからも、アルバイトに精を出していたから、ほとんど通学しなかった。友だちから、

「あんた、そろそろあぶないよ」

と電話があると、あわてて出席をかせぎに登校するといった具合で、フランス語も英語も単位を落としたりして、よくぞ四年で卒業できたと我ながら感心するくらいである。

就職が目の前にちらつくこの期《ご》に及んでも、世の中で働くのを遅くしようと、ろくに通学していなかったくせに、

「大学院に行こうかしら」

と血迷ったこともあった。アルバイトは好きだったけれども、フルタイムでちゃんと就職するのは気が重い。親に学費を払ってもらっていたら、

「早く働け！」

と文句をいわれたかもしれないが、アルバイトをして自分で学費を払っていたから、親の口出しは全くなく、この点は楽だった。親からのプレッシャーがなかったのは、私に親を頼る必要がないだけの収入があったからだった。しかし私は収入よりも、だらだらーっと本を読んで、のらくらと暮らす毎日を望んでいる。ところがそれを実行したら親を黙らせるような収入はとても望めない。

「うーむ」

自分が望む生活をしようとすると、銀行口座にお金がないと無理だ。そのためには働かないといけないという、私にとっては誠に不条理な問題が発生したのである。

「毎日、働かないで本ばかり読んで暮らせる方法はないだろうか」

親類縁者の顔を一人一人思い浮かべても、私のために何億円もの遺産を残してくれそうな人物は見あたらず、少女マンガのように本当の両親が出てきて、彼らが億万長者だったという展開にもなりそうにない。大金持ちと結婚することもありえない。残された一縷《いちる》の望みは、宝くじによる一攫千金しかなかったが、私は信じられないほどくじ運の悪い女で、すべてのくじで、いい思いをしたことなど一度もない。町内の福引きはもちろん、商店の三角くじ、毎年もらうお年玉つき年賀状でさえ、当たるのが一枚あればいいほうという有様だった。こんな私が何千万円も当たるほうがおかしい。そう考えると、宝くじを買うお金さえも、惜しくなってくるのであった。

勉強したいテーマもないのに、大学院に行くのはさすがに憚《はばか》られたので、軽い気持ちで就職試験を受けたら、たまたま合格してしまった。当時の時代の流れで、卒業したらコピーライターにでもと、簡単に考えて気まぐれで受けた広告代理店に、合格してしまったのである。毎日、毎日、勤勉に働くのは性に合わないのに、仕事の量たるやはんぱではなく、全くなじめない環境だった。体調を悪くして半年でギブアップした。満員電車に乗って、睡眠不足のまま通勤するのは本当に辛かった。いつも頭の中には「横丁のご隠居」があったのだが、なかなかそうはいかず、なるべく正社員ではなく逃げられる場所を持った立場でいるというのが、精一杯の現実への抵抗だったのであった。

それからは試用期間を過ぎると、会社を変わり続けた。そのなかのひとつに、音楽雑誌の編集部があった。本体のロック系の雑誌は有名だったが、それに付随して楽器店に置いてもらう家族向きの音楽雑誌、といっても学校の音楽部や、趣味でバンドを結成しているグループを取材したりする、パンフレットのようなもので、そちらの編集が主な仕事だった。ロック雑誌の編集部はとなりの部屋にあって、のべつまくなし何かしら曲がかかっていた。

真夏、隣室から、

「ズンズチャッチャ、ズンズチャッチャ……」

というリズムが聞こえてきた。ボブ・マーリィ&ザ・ウェイラーズの『エクソダス』というアルバムだった。選曲は部員の趣味にまかせ、持ち回りで行われていたようで、セックス・ピストルズ、ボブ・マーリィ、ビリー・ジョエル、サザンオールスターズ、YMOが次から次へとかけられていて、ものすごい破壊的なスピード感に襲われたかと思うと、次には、

「ズンズチャッチャ……」

のリズムが耳の穴に入ってきて、せわしないいんだかのんびりしてるんだか、わけのわからない状態になった。

雑誌の編集部の人たちは、

「あーあ、ジャマイカの木陰で、ずーっとレゲエを聴きながらぼー

っとしていたいなあ。それができたら、もう最高」

と話していた。隣室で仕事をしながら、それを聞くとはなしに聞いていると、ジャマイカは働きたくない人間にとっては、天国のような所らしかった。週末の休み、私は『エクソダス』のアルバムを買い、本を読むのに飽きると、畳の上に大の字に寝っ転がりながら聞いた。今は週末だけだが、こういう生活を毎日したかった。セックス・ピストルズの「アナーキー・イン・ザ・UK」では、のんびりお昼寝というわけにはいかない。あんなにジョン・ライドンにがなりたてられては、

「さっさとそこをどけ!」

といわれているようだ。それに比べて、レゲエのリズムは人間のリ

ズムに合っているような気がしたが、これもまた私にとってはお昼寝音楽にはならなかった。最初はのんびりしていていいけれども、聞いているうちに、そのリズムのなかに、妙にきっちりとした厳しい部分があって、完全に脱力できるというわけにはいかない。ただの呑気《のんき》な音楽ではなく、何もしないで聴いていると、だんだん不安にかられてくるようになった。

パンク・ロックが直情的な攻撃性の音楽としたら、レゲエはゆったりとしながら、相手をきっちり締めるところは締めるという雰囲気があった。人間でもそうだが、感情を露《あら》わにする人のほうがわかりやすい。にっこり笑っていながら、実は人を殺すような人間のほうが怖いのと同じで、レゲエは私に妙な緊張感を与えた。すっきりさっぱりするというより、今の自分と照らし合わせて、したくないのにやむをえずしたくないことをやっているというもどかしさを、見事に表しているような感じもして、背中がもぞもぞしてきた。私はレゲエに全く詳しくなく、その思想性も歌詞もわからなかったが、のちにレゲエに詳しい人がいて、ジャーだのラスタファリアンだのと教えてもらい、レゲエの成り立ちを知って、なるほどと納得した。ヨーロッパ音楽がアフリカのリズムと合体して、ジャマイカの音楽となった。それは貧しく虐《しいた》げられた民衆の音楽だった。

「なるほど。能天気な音楽ではないわなあ」

夏にはぴったりだが、聴くとますます暑くなる音楽であった。ジャマイカの人↓呑気に暮らしている↓レゲエでその雰囲気が味わえる。

という図式は見事に崩れた。

横丁のご隠居をめざしながら、生活は一向に理想に近づかなかった。ご隠居になるには蓄えが必要という、私にとってはどうしようもない現実にがんじがらめになった。この会社に行くのも半年でいやになり、次の就職先を見つけなくてはならなくなった。これは自宅から通っているからできたことで、地方からやってきている人からみれば、いやになったらすぐやめるという、こんな甘えた状態は許されないのであろうが、どうしても我慢できずに転職を繰り返した。そのうち働くのはいやながら、許容できる範囲の就職先を見つけて、そこでまじめに働いた。しかし会社の一員であるので、わがままは許されない。

三十歳のときに会社をやめたとき、もうどこにも就職しないと決めた。何をしても会社に迷惑をかけることもなくなったので、自分としては一歩、横丁のご隠居生活に近づいたような気がしていた。しかし幸いにも仕事がどんどん来て、せっかくだし断ることもないかなあと受けているうちに、横丁のご隠居のことなどころっと忘れて、ささやかな蓄えも遣ってしまった。それから約二十年。横丁のご隠居になってもいい年齢になったものの、相変わらず蓄えは……ない。これではいつになっても隠居ができない。私は隠居のために、仕事を続けている。何か変だなあと思いながら、日々、キーボードを叩いている。あのとき以来、レゲエは聴いていない。

「かあさんの歌」の不思議な力

今はどうだか知らないが、二十数年前、ちょうど当時の私が適齢期といわれていたような時代は、結婚式の両親への花束贈呈で「かあさんの歌」が流れ、一同が泣くというのがパターンだった。列席しているおじさん、おばさんだけではなく、新郎新婦の友人でさえ、涙をにじませるのである。

「ふんっ、くだらない」

常々そういっていた私に結婚式の招待状が届いた。一緒に招待され

た友だちには、

「あんたね、出席しておいて、花束贈呈のときに、くだらないっていうような顔をするんじゃないわよ。嘘でもいいからハンカチを目に当ててなさいよ」

と釘を刺された。いくら腹黒い私でも、友だちの晴れの門出に水をさすようなことはしない。

「はいはい、わかりました」

そう答えて私は出席した。

「かあさんの歌」はやっぱりあった。きっと結婚式場の式次第にすべて組み込まれていて、やめて欲しいとはいえないのかもしれないし、そんなことまでいちいちいう人なんぞ、いなかったのだろう。司会者

が、

「それでは両家のご両親に、花束贈呈です」

と大げさに盛り上げたとたんに、隣に座っていた友だちは、じーっとこちらを見た。私がふてくされた態度をとっていないかと監視している。

「へへへ」

と笑ってやったら、友だちは眉をひそめ、呆れた表情で首を何度も横に振った。私はスポットライトを浴びている新郎新婦と、両家のご両親のほうを、神妙な顔をして眺めた。会場には哀愁漂うメロディーが流れ、いやおうなしに、

「おかあさあああん」

という雰囲気になっている。花束を渡した新郎新婦も、もらったご両親も泣いている。

(ふーん)

と思いながらふと横を見ると、すでに友だちは、ハンカチを取り出して、びえーびえー泣いていた。

(はあ)

私は感心して彼女を眺めていた。ひっくひっくとしゃくりあげ、もう涙滂沱《ぼうだ》である。

(何でそんなに、関係ない他人が悲しいんだ?)

彼女のご両親は、かわいい娘を結婚させ、自分たちのもとから籍が抜かれるのだから、寂しさは当然あるだろう。結婚した娘が遠方に行ってしまうのも悲しいことである。しかし今回の場合は、結婚しても娘夫婦は遠くに行くわけではなく、彼女の両親が持っているマンションに住む。結婚したといっても、娘の住居は自宅の最上階から下の階に移るだけなのだ。どうしてそうなったかというと、彼女は結婚後も今までどおり、会社に勤めるので、それに家事が加わるのはきつい。そこで朝食、夕食は夫共々、実家の世話になると決めた。ちゃっかり結婚なのである。しいていえばいちばん大変なのは、彼女のお母さんなのだが、作った料理を大喜びで食べてくれる義理の息子ができて、喜んでいると聞いた。新郎のご両親は地方に住んでいるので、彼らの生活は特に変わることはない。つまり当人たちはともかく、他人が涙する必要がない、問題のないおめでたい結婚なのである。

ご両親にとっては赤ん坊のときから今までのことが思い出され、

「あの子がこんなに大きくなって」

と感慨に耽り、ふと涙が……というのは腹黒い私にも理解できる。息子や娘もそんな親心や苦労を察して、感謝の気持ちがわき出てきて、涙する。しかしそれを見て、何で他人が泣く？　不思議だなあと思いながら、涙が流れたとおりに化粧が線状に剝《は》がれた友だちの顔を、じーっと見ていた。式が終わり、

「どうしてあんなに泣いたの」

と聞いた。

「自分でもわからないけど、あの曲が流れてきたとたんに泣けてきたのよお」

あの歌は人を泣かすために選ばれた曲である。若い二人の門出を祝福するために、

「これから頑張れよーっ」

とハッパをかけるつもりで、あの場で「軍艦マーチ」を流したら、誰一人泣かないであろう。気分的にはそちらのほうが合うような気がするが、「かあさんの歌」は結婚式場からしくまれた、いかにも、

「ほーら、涙が出るでしょう。泣いて」

というういじましさがみえる、陰謀なのである。

私は「かあさんの歌」が嫌いだ。たしかに一時代前、二時代前は、お母さんは大変だった。家事をし、子供を育て、農家や商家であったら夫と共に夜遅くまで働き、舅姑に仕え、じっと耐えるのが一生のお

つとめみたいなものだった。それは十分にわかる。それにしてもそうなのだとしたら、お母さんたちを勇気づける、もうちょっと、明るい気分になれるような曲だったらいいのに、何だかじっとりと暗い。あれだと苦労の上塗りではないか。

「あなたはじっと耐えるだけですよー」

といっているようで、あれは夫のため、子供のために、日々、一生懸命に働いているかあさんに対して失礼ではないかとすら思う。それに比べたら「岸壁の母」は同じように苦労はしているけれども力強い。母のパワーを感じる。

「息子が戦地から帰ってこないなんて、そんなことあるわけない！　絶対に帰ってくるんだから！　明日もまた来よう！」

と意欲的で希望がある。しかし「かあさんの歌」には希望がない。いくら親孝行な子供が、

「せめてラジオ聞かせたい」

と思いやっても、そこで終わってるから、かあさんの楽しみは奪われたままだ。暗がりで背中を丸め、

「こんな人生でも幸せよ」

とつぶやいている姿しか浮かんでこない。これが辛気くさいのだ。

しかし私の母親は「かあさんの歌」が大好きだった。どうも本人は、唄の中の母親像と自分をオーバーラップさせているようだったが、それは明らかに錯覚である。確かにうちの両親は不仲で、喧嘩ばかりしていた。そんな相手とどうして結婚したのかと聞くと、必ずいったの

は、

「騙《だま》された」

という言葉だった。母親の母と、母親の長兄が熱心に薦め、それに騙されたという。自分の意思はなかったという口振りだったので、

「自分の結婚だっていうのに、どこぞの良家の縁組でもあるまいし、当時、当人の意思が反映されない結婚なんてあるわけないじゃない」

といってやった。そんな結婚だったのに、私の後に弟ができたのはどういうわけだ。嫌な相手を拒絶してないじゃないか。とその点を追及すると、母は急にぶりぶりと怒り出して、話をそれっきりにしてしまった。とにかく結婚に関しては、すべて相手に非があり、自分には落ち度がないといいたげだった。

だいたい、明治、大正時代ならまだしも、母親が結婚したのは昭和二十年代の後半である。彼女の性格から考えて、

「いやだ」

のひとことがいえないなんて、考えられない。母親はまだ若く、家にいて齢《よわい》を重ねていたわけでもないので、結婚を急ぐ必要はなかった。父親は当時から勤め人ではなかった。絵描きではあったが、高名でもない。おまけに若いころに一度結婚していて、子供はいないが再婚であった。だいたい当時の親兄弟が、よっぽど実家が裕福であれば別だろうが、定収入がない男を娘や妹の結婚相手として熱心に薦めるなんて信じがたい。おまけに相手は誰もが認める善人だったらともかく、変わり者で性格が悪いときているのだ。結婚した日と私の誕生日とは

日にちが合わない事実を考えると、さすがに母親にはいえなかったけれども、

「あんたもそれなりに、積極的だったんじゃないの」

といいたくなった。飛び込んでみたはいいが、失敗だった結婚生活のなかの自分を、耐える母に仕立てて、「かあさんの歌」に投影していたのに違いない。

子供からみて、母親は歌の主人公よりははるかに幸せだった。私は手袋は編んでもらったけれども、母親は夜なべ仕事はしていない。あかぎれはできていた時期はあったが、オロナイン軟膏を塗って治し、おと生味噌をすりこんだことはない。麻糸を一日紡いでもいないし、おとうも土間で藁《わら》打ち仕事をしていない。それどころか父親の機嫌のいい

ときには、銀座に行って、フランス製の服なども買ってもらっていたのだ。ラジオだってテレビだって、聞き放題、見放題だった。夫婦喧嘩をほぼ連日のようにしていたということは、母親もいいたいことをいっていたから、いい争いになるわけで、決して耐え忍び続けていたわけではない。夫への不満を子供の耳には入れまいとする、健気な母とは違い、子供に事あるごとに、夫の愚痴をいいまくりだった。結婚生活が幸か不幸かといわれたら、後者だろうが、それにしても、「かあさんの歌」と自分を同一視しているなんて、

「歌のなかのかあさんに悪いだろう」

と説教したくなってくる。「かあさんの歌」には人を錯覚させ惑わせてしまう、不思議な力がある。今の母さんたちは強く自己主張をす

るから、死語という言葉があるように、「かあさんの歌」は死歌になるのではないだろうか。

最近、私は結婚式場で行われる式には出席する機会がない。まだ花束贈呈があるのだったら、ＢＧＭに何が流されているのか、知りたいものである。

下校の曲、手品の曲

テレビ番組のテーマや挿入曲で、それが流れると、すぐに番組が目に浮かぶパブロフの犬現象がある。

「ジャン、ジャジャジャジャン、ジャジャジャジャジャジャン……」

と軍歌のような調子ではじまれば、その次は間違いなく、

「じーんせい、楽ありゃ苦もあるさー」

だし、

「ちゃららー」

とトランペットの音がすれば、

「おお、とうとう秀、加代、主水《もんど》が悪い奴を殺しに行ったか」

と思う。

「たらら、たららららーら」

と哀愁漂うピアノ曲が流れれば、えなりかずきの顔が浮かんでくるし、

「ちゃんちゃらすちゃらか、すっちゃんちゃん、ぱふっ」

となったら、「山田くん、座布団一枚」である。イントロクイズではないけれども、一部分を聞いただけで、

「ああ、あれだ」

と頭に浮かぶのは、長寿番組の証拠で、それなりのオリジナリティ

ーがあるということでもある。今はドラマの主題歌は別にして、情報番組などで流れる曲のなかには、

「あれ、どこかで聞いたことが」

と思うものが多い。他局で使われている曲を平気で使っている。よっぽど担当者が曲を探すのを面倒くさがり、他局をチェックして、これはいいとなると、番組でも曲でも恥も外聞もなく、ぱくってしまうのだろう。

テーマソング、イメージソングは、オリジナルだったら、みんなの印象に残れば成功したといえる。しかし世の中にはそのために作られたのではないのに、既成の曲をうまく使い、こちらがイメージを植え付けられてしまったという場合がある。某消費者金融の若い女性が更

衣室の制服姿から、突然レオタード姿になって集団で踊り出すCMの曲は、オリジナルかと思っていたら、そうではないらしい。調べたところによると、ジョー・リノイエ作詞作曲の、

「SYNCHRONIZED　LOVE」

で、CMで人気が出て再発されたらしい。私の頭の中では、武富士イコールこの曲とインプットされているので、書店にいて、店内で流されていたFM番組から、聞こえてきたとき、ものすごく妙な感じがした。終わらないCM曲を延々と聞かされているようで、いつ、

「ご利用は計画的に」

とナレーションが入るのかと思ってしまった。うまいこと制作担当者の術中にはまってしまったわけである。自分の曲をCMに使われる

というのは、作り手にとってはどうなのだろうか。発売してもいまひとつぱっとしなかったのが、日に何度も流されるとなれば、こういったらなんだが、

「消費者金融でも何でもＯＫ！」

といった感じなのだろうか。考えてみればクライアントの宣伝もしているが、合わせて自分の曲のＣＭにもなっているわけで、取り上げてもらえるのは、喜ばしいことなのかもしれない。しかしみんながそうではなく、ＣＭ制作の段取りのなかでは、

「仏壇や墓地のＣＭには使われたくない」

「商品はパスタはいいけど、うどんはいやだ」

「ＣＭに出てる俳優が嫌い」

など、水面下でいろいろなやりとりがあるのではないかと思う。この場合は、自分の曲がどう使われているかがわかる。イエス、ノーもいえる。しかしそうではない場合、作曲者はいったいどう思っているのだろうか。古い話であるが、私が通っていた公立の小学校、中学校とも、

「とっとと帰れ」

と下校をうながす合図の曲は、ドボルジャークの交響曲「新世界より」だった。小学生の私はドボルジャークなど知るはずもなく、この曲は下校のために作られた曲だと信じていた。音楽の授業時間に「新世界より」のレコード鑑賞をして、下校の曲の真実がわかったとき、

「いったい、何が下校と関係あるのか？」

と首をひねった。ドボルジャークが、

「よし、子供たちを下校させるための、曲を作ろう」

と張り切ったわけでもあるまい。この曲には日本では「家路」という別の題名もあり、

「遠き山に日は落ちて……」

と詞がつけられていた。授業でも歌わされたが、この歌詞を読めば下校とのつながりはわかる。

「今日のわざをなし終えて……」

というくだりには、

「ちゃんとやるべきお勉強はしましたね」

という先生の厳しい目が光ってる気がする。でもこれは、交響曲に日本人があとで詞をつけたもので、もともとチェコ語の歌詞なんかなかったはずだ。作詞者がこの曲に感激し、自分のイメージと合わせて作ったのだろうが、もしもこれが、

「呑気な三太郎」

という題名だったら、下校の音楽には絶対に使われないだろう。日本の歌詞の「家路」という題名さえついていなければ、下校の音楽として、流されることはなかったのである。本当は下校の曲じゃないのに、何か変だなと思いながらも、私はこの曲が流れると校門を出ざるをえなかった。曲にかぶさるように、放送部の子が、

「みなさん、早く帰りましょう」

と気取った声を出す。

「お前も帰れよ」

私はそうつぶやきながら、学生鞄をふりまわして校門を出るのだった。

今でも私は「新世界より」を聞くと、

「ああ、帰らなくっちゃ」

と思う。卒業して三十年以上経っているのに、「新世界より」には下校のイメージしかなくなってしまった。逆にいうと「家路」によって「新世界より」は、日本人にとってとてもよく知られている曲にはなった。それはドボルジャークにとってはうれしいことなのかもしれないが、アメリカ大陸を想定して作曲した「新世界より」の広大なイメージが、ほとんどの日本人には「下校」のイメージだけというのは、失礼のような気もするのだ。

作曲者の意図しないところで、妙に曲が有名になってしまったなかで、私がいちばん気の毒だなと思うのは、ポール・モーリアである。ふと気がついたときに、イージー・リスニングという、意味がよくわからない音楽ジャンルが作られていた。フランク・プゥルセル、カラベリ、レイモン・ルフェーブル、パーシー・フェイスなどのオーケストラ。リチャード・クレイダーマンというピアニストも出てきた。私は高校生のときにエレクトーンを習っていて、彼らには本当にお世話になった。だんだん段階が進むと、楽譜を見て弾くだけではなく、自分でアレンジをして弾くという課題になってくるのだが、ロック好きの私ではあったが、ロックの細かいビートを再現するのは、まだ技術的に不可能だった。その点、イージー・リスニング系の曲は、私程度の技術でも、それなりに曲としてまとまってくれる。拙《つたな》い演奏でも何とか格好がついた。エレクトーンで演奏する曲のほとんどは、イージー・リスニング系といってもよかった。

そのなかでもいちばん有名なのは、ポール・モーリアだろう。エレクトーンの発表会で、「恋は水色」を弾いて、大失敗したことは苦い思い出である。「恋は水色」が発売されたのは一九六八年だが、当時はグループサウンズも存在していたし、ロック系の音楽もあったのに、そここで「恋は水色」が流されていた。多くの人がいい曲だと感じ、あのような曲が洋楽で売れた時代もあったのだ。イージー・リスニング系は、嬌声を上げてつきまとう熱狂的な追っかけはいないかわりに、ひどく嫌われることもない。当時、うちでステレオを買い換えて、おまけについてきたのは、イージー・リスニングのLPレコードだった。誰からも嫌がられず、拒絶されない音楽として、それらは重宝に使われていたのである。

そこでポール・モーリアである。いつから「オリーブの首飾り」がマジシャンのBGMになってしまったのか。

「ちゃらららららーん」

と曲が流れ、

「これは何の音楽でしょう」

とたずねたら、老若男女の九十パーセント以上が、

「手品、マジックの曲」

と答えるだろう。ぱっと花に変わるステッキとか、袖口から出てくるハトとか、黒い箱のなかでぼーっとしているウサギとか、見えないものまで見えてくる。もちろん私はマジックは大好きだし、マジシャンが悪いわけではない。しかしマジックの場における、「オリーブの首飾り」の使用頻度の高さは、みんなの条件反射を呼び起こすほどのものなのだ。まるでマジシャン組合のテーマのようだ。単純に考えれば喜ぶべきことなのかもしれないが、ある年齢から上の人間は題名も知っているし、誰が演奏しているかもわかっている。でも若い人たちは演奏者も正しいタイトルも知らず、ただ「マジックの曲」という認識しかないに違いない。それともイージー・リスニングというジャンルからして、黒衣《くろご》のような立場でもよしとするのだろうか。私はひどくおせっかいなことをいっているような気がするが、才能豊かな人が作ったものが、ちょっと違った方向にいっちゃっているのはとても気になる。有名デザイナーのロゴマークがつけられた、便器カバーを見たのと同じく、

「これでいいのか」

という気持ちになってくるのだ。

隣のおやじの起床ラッパ

今から三十三年前、家族で住んでいたマンションの隣室の住人は、主が一流企業に勤めている一家だった。彼はオリンピックに出場したこともある有名スポーツ選手の弟で、年齢は三十代後半。色黒で体はがっしりしていて、歩くチョコボールといった感じの人だった。奥さんは色白でぽっちゃりとした品のいい美人で、彼女によく似た小学校低学年のおとなしい男の子がいた。黒と白がはっきりしている一家であった。営業職だという主のおやじは、やたらと声が大きく、いつも元気だった。母親同士はそれなりに話をしていたが、深い付き合いではなかった。彼は酒好きらしく、夜に歌を歌いながらご機嫌で帰ってくるけれども、迷惑はかけなかった。夫婦喧嘩の声も聞いたことがなく、両親の別居問題が噴出していたうちと違って、幸せな家庭なのだろうと思っていたのである。

夏休み、奥さんと男の子の姿が見えなくなった。実家にでも帰っているのだろうと思っていたら、隣のおやじが突然、ソバの乾麺を持ってきた。

「あげますから、どうぞ食べてください」

と箱を突き出す。うちの母親が困って、

「いえ、そんなことをいわれても……」

とうろたえると、彼は、むりやり箱を押しつけて、

「それじゃあ」

と帰ってしまった。お中元とも何とも書いていないし、とにかくもらう理由がない。親類からたくさん送ってきたとか、納得できる理由があれば別だが、特におやじとは親しくもないのだ。

翌日、また彼はやってきた。今度は球体のゴムの中に羊羹《ようかん》が入っていて、楊枝《ようじ》で突き刺すとぶりっと中身が飛び出す、ぶどう羊羹だった。

このときも、

「あげます、あげます」

といってむりやり押しつけて帰っていく。

「いったい、どうしたんだ」

私たちはソバとぶどう羊羹を眺めながら、ただ首をかしげるしかなかったのであった。

二、三日経って、アルバイトから帰ってきた私に、母親は興奮して、

「ちょっと、ちょっと、大変よ。お隣のご主人、女の人を連れ込んでいたのよ」

という。母親が買い物に行こうとして部屋を出たら、隣から女性が出てきたという。

「何だか貧乏くさい人だったわ」

私はおやじを軽蔑した。そして二、三日経ったとき、また母親が興奮して私に報告した。

「大変よ。お隣のご主人、この間とは別の女の人を連れ込んでいたわ

よ」

そうか一人じゃなかったのかと、おやじの顔を思い浮かべた。明るくて元気はいいが、もてるとは思えない。

「どこがいいのかねえ」

また首をかしげていると、母親は、

「営業だからきっと口がうまいのよ。騙されてんのよ」

とうなずいている。

「奥さんも子供もいるんだよ。家族の物だって置いてあるだろうし」

「そんなものが置いてあっても平気でやってくるような女の人ばかりなのよ、きっと」

色白ぽっちゃり奥さんが気の毒だった。何も知らずに、子供を連れて実家でのんびりしている。おやじにとっては鬼の居ぬ間の洗濯だったのだ。

「わかった！」

突然、母親が大声を出した。おじさんがソバとぶどう羊羹を持ってきたのは、口止めだったのだと断言した。

「そうじゃなかったら、急に、あげますって持ってこないでしょう。そうよ、きっと」

すると隣でずっと話を聞いていた中学生の弟が、

「ソバとぶどう羊羹で買収できると思われた僕たちって、めちゃくちゃ悲しい……」

と腕を目に当てて、泣く真似をした。

「そうよ、そのとおりよ。ふざけるなっていいたいわよ。ばかにするなっていうのよ」

そう母親は怒りながらも、夕食にはソバをゆで、おやつにぶどう羊羹を食べていた。

二週間ほどして、奥さんと男の子が帰ってきて、郷里のおみやげを持ってきてくれた。母親は奥さんが帰った後、

「もうちょっとで、喋《しゃべ》りそうになった」

と息が荒くなっていた。妻の留守の間に女性を連れ込んで、おやじはどんな顔をして過ごしているんだろうなと思うと、呆れかえるしかなかった。

そして一年後、奥さんと男の子の姿が消えた。

「どうしたのかしら、このごろ姿を見かけないけど」

といっていたら、別のお腹の大きな女の人が、隣家に出入りしていて、顔を合わせると、

「こんにちは」

とにこやかに挨拶するようになった。

「ちょっと、ちょっと、替わってる、奥さんが替わってるーっ」

母親はめちゃくちゃ興奮していた。その女性は間違いなく、あの貧乏くさい人だったという。

「やだー、やだー。前の奥さんのほうがずーっとよかったあ」

母親は一人で嫌がって身もだえしていた。自分の息子の嫁選びと勘違いしているかのようだった。

「あんただけじゃなくて、他にもいたんだよっていってやろうかしら」

と家の中では鼻息が荒かったが、一歩外に出たら、それなりに新しい奥さんと付き合っているようであった。

私は隣のおやじの図々しさに驚いた。分譲マンションでローンを払っているのならともかく、賃貸なのに、今まで家族と生活していた場所で、また新しく生活するなんて、その神経が信じられない。自分が出ていけばいいのである。母親に訴えたら、

「そういう神経の人だから、女の人をとっかえひっかえしても、平気なんでしょ」

といった。きっとああいう人は、同じことを繰り返すんだろうなと

思っていたら、案の定、出産した奥さんが実家に戻っているときに、別の女の人を連れ込んでいた。二人は私がじとーっとキッチンの窓から見ているのにも気づかず、

「ばいばーい」

とにっこり笑いながら手を振っていた。そして奥さんは赤ん坊を抱いて帰ってきたが、数年後、再び姿を消して、戻ってこなかった。

三番目の妻が……と思ったが、それ以来、隣室に訪れる女性の姿はなくなった。チョコボールもちょっとしぼんだ様子だった。

「女の人も女癖の悪さに気が付いたんだね」

と噂していると、隣から、

「ぶぱ、ぶぱぱ……」

とトランペットの音が聞こえてきた。いやーな予感がした。その「ぶぱ、ぶぱぱ」も、だんだん長くなってくる。もしかしてと思っていたら、日曜日の午後、突然、近所中に、起床ラッパが鳴り響いた。隣のおやじは起床ラッパを吹く練習をしていたのだ。びっくり仰天していると、うまく吹けて自信がついたのか、どんどん音は大きくなり、まるで兵隊が隣に住んでいるようだった。

「困ったわねえ」

他の住人がこそこそと話をしていると、ぱたっと起床ラッパは止まった。ほっとしてしばらくすると、今度は前よりも低い音で、

「ぶぱ、ぶぱぱぶぱ」

と聞こえてきた。今度はテナーサックスだった。どうもラッパ系が

好きな体質らしいのであった。しばらくの精進の結果、日曜日の午後にご近所にご披露されたのは「タブー」だった。もちろん全部ではなく、最初の部分だけである。「タブー」は加藤茶の「ちょっとだけよ」のBGMで、何でまたこの曲をといいたくなった。いつも同じところでつっかかり、そこから先には進まない。少しは前に進むかなと思っても、

「あーあ、やっぱりねー」

という結果になって、聞かされるほうも飽きてきた。吹いている本人も飽きてきたのか、またしばらく、「ぶぱぱ」が続いた後、ご披露されたのは、「ハーレム・ノクターン」だった。サム・テイラーで有名になったが、とってもけだるくて、耳にするとどことなく、

「いやーん」

という夜の雰囲気にもなり、ちょっとエッチといいたくなる曲だった

「何であんな曲ばかり吹くんだろうねえ。だいたい最初は童謡からなんだけど」

母親はまたまた首をかしげた。おやじは、練習とはいえ、テナーサックスで「さくらさくら」や「日の丸」を吹きたくなかったんだろう。きっと体の奥底から噴き出す男のマグマが、選曲として「タブー」や「ハーレム・ノクターン」になったのだ。ある意味でおやじにはぴったりの曲だった。私が勉強しようとフランス語のテキストを開いたとたん、へたくそな「ハーレム・ノクターン」が聞こえてくると、体が

ぐんにゃりして勉強する意欲は見事に消え失せるので、とっても迷惑でもあった。

その後、彼は独身のまま、四十代の若さで亡くなった。男盛りに女性に愛想をつかされ、そのもやもやのすべてを「タブー」や「ハーレム・ノクターン」にぶつけていた。「起床ラッパ」は彼のエンジンをかけるための曲だったのか。まだまだおれはがんばるぞーっと意欲満々だったのだろうが、それが実現できず、濃厚なおやじとしては、さぞかし無念だっただろうと、私はこの歳《とし》になって彼の心中を察することができるようになったのである。

同窓会の歌合戦

高校を卒業して、二、三年ほど経ったころ、高校時代の部活のメンバーから、みんなで集まろうという誘いのハガキが届いた。私が所属していたのは、「地理歴史研究部」である。一年生のときの担任の、山羊さんのようにおとなしい地理の教師が、

「部を作りたいので、誰か入りませんか」

といちばん最初のホームルームでいったのを聞いて、創部すると部室がもらえる。地理にも歴史にもぜーんぜん興味はなかったが、部室

があればそこで友だちと喋れるし、喫茶店に行くよりは安上がりだからと、友だちと部室欲しさに入部したのであった。一年、二年と経つうちに、わけのわからない後輩も入ってきたが、みんなで、ただ、だらだらと過ごしていた。年に一回、文化祭のときに、

「部活、ちゃんとやってるぞ！」

と何かを発表すれば、それで許してもらえたので、そのときだけちょっとがんばり、あとは連日、だらだらだった。創部に力を燃やした山羊さん教師は、気の毒に翌年三十六歳で急死してしまい、お目付役がいなくなったので、それ以降はだらけ方に拍車がかかった。

日本史の若い教師が後任になったが、年齢が近いものだから、友だちみたいな口調で接し、部室をそれぞれ自分の部屋みたいに使ってい

た。レコードプレーヤー、大量のアメリカ製パイナップルの缶詰、エロ雑誌、よっちゃんイカ、穴の開いたウクレレ、チマ・チョゴリ、バット、孫の手、子供用ビニールプールなど、

「どうしてこんなものが」

と首をかしげたくなるようなものが、次々に持ち込まれていて、まるで倉庫のようだった。三年になって部活動から引退するときも、未練など何もない。喫茶店に行くお金がないと、一、二年がいる部室を急襲し、

「どけ」

と人払いをした。代償として夏場はキャンデー、冬場はカッパンなどを奢《おご》ると、彼らは尻尾を振って、喜んで部屋を明け渡してくれたの

であった。

　そんな彼らからお誘いのハガキが来たのである。当時の気の合った友だちとは付き合いが続いていたので、他の人々とは、特に会いたいわけではない。私は友だちと電話で相談した。

「どうする？」

「別に行く必要もないと思うんだけど、せっかく声をかけてくれたし」

「そうだよねえ。でもねえ」

　どっちかというと、お互いに行きたくない気分が八割を占めていた。彼女がもう一人の友だちに連絡をとったところ、私たちと同意見だったという。でも後輩の気持ちを考えると、断るのも気がひける。どうしよう、どうしようと迷っているうちに、結論を出す日が近付いてきた。このまま返事をしないで、ほったらかしにしておこうかといっていたら、幹事の浪人中の後輩が友だちのところに電話をかけてきて、

「ぜひ、出席してください」

と泣きついたという。他の元女子部員からはみんな欠席の返事が来て、とにかく女の人がいない。

「だからお願いします」

と電話口で土下座しているのがわかったくらいだったというのだ。

「ふーん」

ちょっと気の毒になった。友だちは、

「そこまでいってもらえるんだったら、行ってもいいんじゃない。だ

って高校のときに、『どけ』とかいって、あの子たちを追っ払っていたのに、私たちを女の仲間にいれてくれてるのよ。女として呼んでくれてるなんて、ありがたいと思わない？　これからの人生で、きっとこんなことはないと思うわ」

という。

「ははあ、なるほど」

そういう考え方もあるかと感心した。こんな男を男と思わないようながさつな性格でも、いちおう女と認めてくれているらしい。

「じゃあ、行くか」

私は友だち二人と、重い腰を上げて参加することにしたのであった。

場所は高校の校舎の離れに建てられていた、クラブハウスの二階だった。隣室は茶室になっていて、緑に囲まれた静かな部屋だった。後輩が会費を集めて、近所の商店街から食べ物を買ってきて、私たちの前に並べた。結局、集まったのは、浪人中の後輩三人、同期の女三人と、男一人、そして教師一人の八人しかいなかった。酒で盛り上がるわけでもなし、ただ茶を飲みながら、菓子やサンドイッチを食べるという、何だかよくわからない会なのであった。浪人中の後輩は、早稲田を受験して落ちたのだが、すでに、

「来年もだめだと思う」

と情けなく笑っていた。だいたいうちの高校は偏差値の高い大学に入るとなると、五年計画なんぞ普通だったから、みんな、

「そんなことないよ」

といいもせず、

「まあ、のんびりやれば」

などと声をかけた。しかし教師としては、かわいい教え子が弱気になっているのを見て、

「いったいどういうところが不安なんだ？　いってみろ」

と真顔になっている。すると彼はぽつりぽつりと不安な部分を語り出したりして、人数が少ないものだからその話が、逐一、耳に入ってきて、一気に会場の雰囲気が、部活のOB、OGの集まりというよりも、

「浪人生の辛さを聞く会」

になってしまったのであった。私はまぐれで現役で大学に入学し、

一人の友だちはデザイン系の専門学校へ、もう一人は現役で某大学に入ったものの、そこを蹴って一浪して慶應に入学した。

「入る前からあんなに暗かったら、しょうがないわよね」

女三人はこそこそと話し合った。

「そんなに心配なんだったら、こんな会なんか開かないで、勉強してりゃあいいのよ」

慶應の彼女は、本当に朝から晩まで勉強したといっていた。それくらいしないと、本当にうちの高校からは無理なのである。

ぐずぐず話が続き、私たちが参加したのを後悔しはじめたころ、浪人中の幹事がそれまでの態度を吹っ切るように、

「わかりましたっ。歌、歌います」

といったかと思うと、座敷の中央で突然、

「ちゃーん、ちゃちゃちゃーん……」

と調子っぱずれの声を出して、山本リンダの「どうにもとまらない」を腰をくねらせながら踊り始めた。最初は元気がよかったが、最後のほうになったらだんだん腰の振りが鈍くなってきて、浪人生特有の運動不足が見てとれた。他の男子三人も、

「それでは」

といって、桜田淳子、アグネス・チャン、郷ひろみの物まねをした。

いちおう、

「ゴー、ゴー」

とお付き合いでかけ声はかけるけれども、何であたしらはここにい

なくてはいけないのかしらといった感じだった。

すると今度は座布団を背負った教師が中央に進み出て、

「逃げた女房にゃ未練はないが……」

と「浪曲子守歌」を歌いながら、踊り始めた。どうやら自分で振りを考えてきたらしい。私たちはぱちぱちと心がこもっていない拍手をした。幹事は女三人の前に立った。

「何かやってくださいよ」

「はあ？」

同時に声を出した。

「やだよ。そんなの」

「そうよ、こんなことするために来たんじゃないもん」

拒絶すると、彼は勝手に、

「三人だから、キャンディーズがいい」

と出し物まで決めやがった。男どもは、

「キャンディーズ！　キャンディーズ！」

といいながら手拍子をしはじめたが、にらみつけるとしゅんとおとなしくなった。私たちが頑《かたく》なに拒絶しているのがわかった幹事は、

「わかりましたっ、それでは『リンゴの歌』を歌います！」

と大声で叫んで、

「赤いリンゴに唇よせて……」

と歌いはじめた。そして次に、

「リンゴのリの字をチに変えて……」

といい、その通りに歌いはじめた。巷《ちまた》の宴席でよく歌われるエッチな替え歌だ。

「けっ、何が赤いチンコだ」

私は大福餅を食べながら、鼻の穴からふんっと空気を噴き出した。

「くっだらなーい」

「どこが面白いのさ」

この歌は「チ」の次は「マ」になる。我々は、いやーんと身をよじって恥ずかしがるようなタマじゃないのである。彼が声を張り上げて歌えば歌うほど、

「ふざけんじゃないよ」

「よくもこんな場所に呼んでくれたな」

と、饅頭を食いながらからみ、ふてくされた。こんな状態で場が盛り上がるわけもなく、くらーい雰囲気で散会した。切羽詰まっていたとはいえ、性別が女というだけで私たちを呼んだのが、彼らの間違いだったのである。

それ以降、会が催されたかは知らないが、当然、声はかからなかった。後日、同窓会で離れたところにいた幹事と目が合ったとたん、おびえた目をして彼はあわてて走って逃げた。それを見た私たちは、猛獣がか弱い動物が逃げると本能的に追ってしまうように後を追った。そして、

「何で逃げるんだあ」

と叫びながら、校舎裏を追いかけ回し、彼を半泣きにさせたのであ

った。

やっぱりマービン・ゲイ

音楽好きな人は、ほとんど毎日、音楽を聴くようだが、私の場合はとてもむらがある。聴くときは集中して聴くが、聴かないとなると、何カ月も聴かない。中、高校生のとき、音楽雑誌の編集をしていたときは、音楽を聴かない日などなかったが、その仕事から離れてからは、音楽は日常のものではなくなった。聴かない日が続くと、棚の上に置いてあるコンポーネントステレオも、ただ、そこにあるだけの置物と化していく。横目で、

「無用の長物だから、処分しようかな」

と考えているうちに、ふと音楽を聴きたくなってくるという繰り返しだった。

今から十二年ほど前、流行の音楽情報からも遠ざかっていたので、どんなアーティストが出てきているのかを知りたくて、CDショップに出かけた。店内をうろうろしていると、洋楽、邦楽と次々に曲がかかる。そしてある曲を聴いたとたん、

「これは面白い」

と直感的に思った。しかし私にはそれが誰やら全くわからない。もしかしたら店内で私がいちばん年上の気配もあり、

「この曲はなんですか」

と店員さんに聞くのは、ちょっと憚られた。というのは、その曲自体が、ちょっとエッチっぽかったからであった。レジ付近に行けば、何か情報があるかもしれないと、じりじりとにじり寄った。素知らぬふりをしながら、これは誰が歌ってるんだとそればかりを探っていると、天の助けか一人の若い男の子が、店員さんに、

「この曲、誰のですか」

と聞いた。まさにグッドタイミングで、

「ぼっちゃん、よくぞ聞いてくれた！」

と握手したいくらいであった。そのとき私ははじめて、岡村靖幸の名前を知った。すぐにそこでCDを買うのも恥ずかしかったので、別の店で買ってきた。『靖幸』というピンク色のアルバムだ。直情的な

若い男の子の気持ちが曲になっていて、ものすごく面白かったのはいいのだが、おおっぴらに聴くには抵抗があった。

「『どんなことをして欲しいの僕に』といわれてもねえ。おばちゃん、困っちゃうわ」

と別に私がいわれてるわけでもないのに、ぽりぽりと頭をかきながら、ヘッドフォンでこっそり聴いていた。

「このまま、若いフェロモンを放射し続けて欲しい」

と願いつつ、しばらく聴いていたが、結局買ったのは、この一枚だけだった。

それからまた何年も、音楽から遠ざかっていた。仕事の友はテレビの垂れ流しだった。それがたまたま掃除をしていたときに、押入の奥から昔に買った大きなラジカセが出てきた。「ドデカホーン」というめっちゃくちゃ恥ずかしい名前のラジカセであるが、スイッチをいれてみたら、CD部分は壊れていたが、ラジオは大丈夫だったので、それからはFM放送をずっと流しながら仕事をするようになったのである。

ほぼ一日中聴いていると、そのときの流行の音楽がよくわかった。スポットでも流れるし、番組でもかかる。物覚えが悪くなった私でも、あんまり日に何度も何回も聴かされるものだから、曲がかかると一緒に歌えたくらいである。鼻歌を歌いながらのんきに仕事をする日々が続いたが、あるときふと、

「ちょっと、変では」

と疑問が浮かんだ。私が聴いていたのはＮＨＫではなかったから、コマーシャルがらみなのはわかるが、それにしてもおかしい。世の中には山のように曲があるだろうに、同じ曲ばかりがかかる。発売前の新曲だったらそれをプッシュするのは当然だが、それがどうも、あるレコード会社所属のアーティストの曲ばかりなのではと、不審に思ったのである。その会社が局の大株主だとか、上層部が弱味を握られているとか、純粋に新曲を売り出したというのとは違う社会的な怪しいしがらみの雰囲気が漂っている。何度も何度も、同じ曲が流されると、はやりの曲に疎い私でも、耳につく。心地いい曲だったらいいのだが、そうでない曲を何度も聴かされると、

「これって、ある種の洗脳じゃないか」

と恐ろしくなって、放送を聴くのは一切、やめてしまった。

この経験をして、若い人が流行の音楽に、だだーっと流れていくのも、わかるような気がしてきた。知らず知らずのうちに頭の中に音楽が取り込まれてしまって、「今、いちばん新しい」とか「売れている」と謳《うた》い文句がつけば、ますます印象が強くなって、それがよしと思い込まされてしまう。本当に気に入れば問題はないが、気に入ったと思い込まされるのが恐ろしい。私みたいなおばちゃんは、気に入らなければ、

「これは、嫌い」

と無視できるが、若い人は、

「これが、いいらしい」

といったような理由で、知らず知らずに好きなのだ、いいのだと洗脳される。昔と違って、今の若い人の脳は自発的に考えないので、あまり発達しないようだから、老獪《ろうかい》な奴らにとっては、若者に物を売るなど赤子《あかご》の手をひねるように、簡単なことなのだ。

ただ悪いことばかりではなく、私はFM放送を聴いていたおかげで、平井堅を知ることができた。もちろん、デビュー当時から知っていたわけではなく、「楽園」を聴いてはじめて知ったのである。このとき私は、

「日本のマービン・ゲイが出てきたのでは」

と思った。彼のCDが発売されると知るや、ヴァージンメガストア

に行き、またここでも自分がいちばん年上ではないかという恐怖に怯えながら、『THE CHANGING SAME』を買ってきた。「楽園」も「Why」もよかった。それは私の愛聴盤になり、以前、発売されたCDも買ってみたが、いまひとつ、ぴんとこなかった。私は音楽に対しては全く素人であるが、

「これでやっと、彼は一皮むけたのではないだろうか。これから彼の新しい時代がやってくる」

と期待していた。日本のアーティストで、それまであまりフェロモン系のボーカリストはいなかった。岡村靖幸はどちらかというと、若さでぶっとばすといった感じだが、平井堅の場合は大人の雰囲気が漂っている。このまま貴重な、日本の男性フェロモン系ボーカリストと

して、頑張って欲しいわと秘かに願っていたところ、テレビの音楽番組にも出演するようになり、私は彼を見るだけのためにチャンネルを合わせた。紅白歌合戦にも出演した。彼の顔を見て、あらためて、

「日本人って本当にひとつのパターンでは括《くく》れないのね」

とうなずいた。彼は日本人といわれたほうが不思議なくらいの、彫りの深い顔立ちだった。彼の顔立ちで意を強くした私は、

「いけいけ、平井」

とフェロモン系ボーカリストで大成して欲しいと盛り上がっていたのである。

ところが、突然、「大きな古時計」になっちゃったので、私は愕然《がくぜん》とした。テレビの「みんなのうた」で流れているのは知っていたが、

これは彼にとって、余興みたいなもんだろうと考えていたら、あんなに売れてしまった……。彼にとって思い出深く、大切な曲であるとのちに知り、売れないよりは売れたほうがいいけれども、

「それにしてもなあ……」

とがっかりした。おまけに彼の人の良さにつけこんで、奥目などとからかう輩《やから》もいる。私のなかで奥目は、岡八郎しかいない。彫りが深い分、たしかにそういえなくもないと納得しつつ、私が望んでいるフェロモン系とはだんだん違う方向に行っているのではないかと、悲しい思いをした。

で、今は、かつてよく聴いていた曲をまた聴いている。ジャニス・ジョプリン、プリンス、トーキング・ヘッズ。そしていちばんのお気

に入りは、マービン・ゲイである。高校生のときは、見事にアメリカかぶれだったから、いつもFFNを聴き、そこから流れてくる彼の声にうっとりしていた。発作的にマービン・ゲイを聴きたくなったので、三味線のお稽古の帰りにCDショップに行って買ってきた。その夜、食事も済ませ、リビングルームのソファに座って、彼の声を聴いたとたん、体からふわっと力が抜けていったのがわかった。

「やっぱりマービン・ゲイはいいわあ」

と心の底からうっとりした。「Whats' Going On」の最初を聴いただけなのに、ものすごく気持ちが楽になったのだ。あらためて彼の歌手としてのすごさを思い知らされた。

そのときによって、集中的に聴きたくなる曲というのはある。その

時期が過ぎてしまうと、興味が持てなくなってそれっきりになる。ふだん聴き続けているわけではないが、曲を聴くと、

「ああ、やっぱりいいなあ」

と思えるアーティストがいる。しかしいつ聴いても心地いいかというとそうではない。たとえばフレディー・マーキュリーは天才だけど、こちらがよしっ、やるぞという気分のときはいいが、疲れきっているときとか、腹をこわしているときはちょっと辛い。起き抜けに聴く岡村靖幸も合わないような気がする。ところがマービン・ゲイは、うれしいとき楽しいとき、辛いとき疲れているとき、朝、昼、晩、どんなときもOKなのだ。このところずーっと、憑《つ》かれたように聴いているが、飽きることがない。洗濯物を干しながら、仕事の合間のだれてい

るときも、それなりに心地いい。きっと私はばあさんになっても、彼の曲を聴き続けているに違いない。

あの人は今

先日、テレビを見ていたら、十年ほど前にデビューして一世を風靡し、最近はとんとテレビで見かけることがなくなったグループの女性が出ていた。スタイルがいい人で、CDも売れてぶいぶいいわせていたころは、歌も踊りもぷりっぷりしていたが、テレビの彼女は、

「つかれた〜」

という疲労オーラを発していた。あんなに歌って踊ってを何年も続けていたら、それはお疲れにもなるでしょうと、同情したのである。

その後、安室奈美恵やSPEEDなど、歌い、踊る歌手やグループがたくさん出てきた。早い曲に合わせて、まあ、よくもこんなに踊れるものだと驚くほどで、まさに、

「歌って踊って大合戦」

という感じだった。最初は物珍しいので、じーっと画面を凝視していたら、だんだん気持ち悪くなってきた。はしゃぐ子犬を目で追っていると、その不規則な素早い動きに酔ったような感じになって、ウッとくることがある。それと同じ現象が起きたので、歌って踊って系の歌手が出てくると、ちらちら見るくらいにして、凝視しないようにしていた。

友だちと夕食を食べながらテレビを見ていて、

「なんで中学生や高校生の子ばかり、次から次へと出てくるのかねえ」

とつぶやいた。すると彼女は、

「見てごらんなさいよ。あんな激しい踊りをしながら、歌まで歌うんだもの。たまには口パクもあるだろうけど、いくら若いったって、あれは二十歳過ぎたらきついよ。昔の二十代と違って、今の二十代は体が弱いからね。だからあれができるとなると、中学校在学中か、卒業したての子しかいないんじゃない」

という。

「今の子は高校生になると煙草を吸って酒を飲んで夜遊びして、不摂生の限りを尽くしてるもんね。そんな子たちにあれをやれっていったら、絶対に仕事中に倒れるね」

「そうそう。岩崎恭子ちゃんが金メダルをとったのも中学生のときだったし。いちばん体力が充実して、瞬発力も持久力もあるころかもしれないなあ」

音楽番組だというのに、まるでアスリートを見ているような気分であった。

「でも、何だかこの子たち、猿まわしのお猿さんにしか見えないのよ」

大人にうまいこと乗せられた子供が、金のために飛んだり跳ねたりさせられているようだと、もう一人の友だちがいった。

「あの子たちは、無理矢理連れてこられてやらされてるわけじゃないし。自分も人前で歌ったり踊ったりしたいんだもの。商売をしたい側と出たい側の、希望が一致してるから、双方丸く収まってんのよ」

しかしどちらにせよ、あんな激しい踊りと歌を同時にこなすなんて、

「短期決戦の仕事には間違いないわよね」

とうなずきあったのである。

私が子供のときに最初に見た歌手の記憶は、東海林太郎である。彼はマイクの前で直立不動で、唱歌を歌う見本のように、口をぱっくりと大きく開けて歌っていた。まさに、

「歌を歌う」

という以外、何もなかった。まじめに歌だけをきちんと歌っていた。マイクの前で口だけが動いているといったイメージである。他の歌手

も彼のように直立不動ではないけれども、片手でリズムをとるくらいで、一度マイクの前に立ったら、ほとんどその場を離れなかった。スタンドマイクだから、離れたら歌が聞こえないという事情もあっただろうが、当時の日本では、舞台の上をどこか悪いのではないかと思われるくらいに踊りまくり、歌いまくることなどなかった。踊るのは踊る専門、歌うのは歌う専門と担当が分けられていて、一人で両方をこなすことはなかったのである。その後、橋幸夫が、

「スイム、スイム、スイム」

と泳ぐ格好をしたりしたことはあったが、それでも踊りまくるというわけではない。そして、ハンドマイクを手に、グループサウンズが出てきたら、もう非難囂々で、軟弱だの不良だのと大人には認めても

らえなかった。そんななかで、左右、一歩ずつしか動かない、短髪のヴィレッジ・シンガーズや、ブルー・コメッツは大人のなかではよしとされていたが、私たちには面白味がなかった。やっぱりエレキギターの音には、舞台狭しと激しく動いてくれないと、いまひとつ刺激に欠けていたのである。

それからは、西城秀樹が手をぐるぐる回そうが、大股を開こうが、目慣れてきて誰も何もいわなくなった。逆に動きがないとつまらなくなってきたのだと思う。ピンク・レディーが出てきたときは、私はすでに二十二歳だったので、ファンになるような年齢ではなかったが、子供たちにはものすごい人気だった。当時、アルバイトをしていた私鉄沿線の小さなレコード店でも、

「こんなに売れるのか」

と仰天するくらい、彼女たちのレコードは売れた。アメリカではベストセラーのことを、パンケーキのように売れるというらしいが、まさに飛ぶように売れた。店長が枚数を注文するのを、横で聞いていて、内心、

(え、そんなに注文していいの)

と心配になるほどだった。とにかく他のレコードと注文枚数が桁違いだった。毎日、ピンク・レディーのシングル盤が届き、その日のうちに六十枚、七十枚という数をすべて売り切った。在庫がなくなってしまうこともたびたびだった。歌だけではなくてあの踊りがあったから、あれだけ人気が出たのだろう。

何年か前、「紅白歌合戦」でピンク・レディーが再結成されると聞いたとき、真っ先に頭に浮かんだのは、

「踊れるのか？」

ということだった。ミーちゃんもケイちゃんも引退しているわけではなく、芸能界にいるから、それなりに節制はしているだろうが、どう考えても十代の体力と四十代の体力には大きな差がある。直立不動で歌うわけにもいかないだろうし、せっかく出るのにみじめな舞台にはしたくないだろうとか、何の関係もないのに、私は気を揉《も》んだ。それは同性として、中年になった体力の衰えに同情してのことだった。しかし彼女たちは立派にやり遂げた。舞台に出る人は体力よりも神経が勝つところがあるから、裏ではへっとへとだったかもしれないけれ

ども、私は、

「よくおやりになりました」

とぱちぱちと拍手をしたのである。

そこで気になるのは、これから何十年後かの、「あの人は今」である。時代の歌を担った人々が登場するけれども、もしかしたら歌って踊って系の歌手の人たちは、中年になったらもう踊れないのではないか。若いのに直立不動で歌っていた昔の歌手は、年老いても誰かがマイクの前まで連れて行ってあげれば、それなりに立っていられるだろう。目立たないようにつっかい棒でもしておくという手もあるが、だいたい自力で立てない人が、歌手としてちゃんとした歌が歌えるわけがないので、立てさえすれば何とかなる。淡谷のり子も、ピアノに片手を置いて歌ったりしていたが、あのようなスタイルだと、いつ「あの人は今」の依頼がきても大丈夫だっただろう。

歌って踊って系の歌手は、若い勢いでぶっとばすという感じはあったが、歌も踊りも下手ではなかった。リズム感といい機敏な動きといい、まさに「時代の子」だった。あれだけの踊りと息をつく暇もないくらいの、リズムを刻む早い歌。

「よくぞ、あんなせわしないことを同時に」

と驚いて見ていたが、かつての時代の子が過去の人になったとき、みんなどうするんだろう。中年になっても、そのパワーは保てるのだろうか。あれだけ人気があって、飛ぶ鳥を落とす勢いだったのだから、必ず「あの人は今」番組や、「懐かしのメロディー」からは声がかかるだろう。当時は歌って踊って系一辺倒だったのだから、踊れないからと断ったら、その時代の歌がほとんど欠落してしまうような状態になる。

若いころ、過酷なスケジュールで体に無理をしていると、知らないうちにそこここに支障をきたして、中年になって表面化する事態は十分にある。踊りはしなかったけれども、「大都会」を歌った、声の高いボーカルの男性は、喉を壊してしまって、歌えなくなったと聞いた。あの体が頑丈そうな西城秀樹だって、脳梗塞《のうこうそく》で倒れたではないか。若いころから体を酷使すると、そのときは何とか過ごせるけれども、後になって影響が出てくる。仕事としては短期決戦のつもりでも、後で必ず残酷な「あの人は今」が控えている。天地真理だって、ああいう番組がなければ、アイドル時代のキャッチフレーズの白雪姫のままでいられたかもしれないのに、今はもう姫は見事にお笑いキャラに変貌を遂げてしまった。

あれだけ激しく動きまわっていた歌手が、東海林太郎のように直立不動で歌うわけにもいくまい。やっぱり当時のように歌って踊らないと、見るほうは納得しない。歌の上手な歌手は、いくつになっても人を感動させる。いくつになってもきれいでいる人も、人をうっとりさせる。どっちも失っちゃった人は、お笑いキャラとして新たな自分を確立させる。歌って踊って系の十代の歌手たちは、今後、いったいどうするのか。なりを潜めて出演拒否か、腰痛、息切れもかまわず、一か八かで踊りまくるか。そのときは私はばあちゃんになっているだろ

うが、

「ちゃんと踊れんのか、みんな」

と入れ歯をかぽかぽさせながら、テレビの前で楽しみに待ちたいと思っているのである。

トリオ・ロス・パンチョス、第四のメンバー

私の父親は、自分が演奏をしないのに、やたらと楽器を買ってくる人だった。とにかくわがままでとにかく自分がいちばんと思っている人だったから、先生に習おうなどという殊勝な気持ちはこれっぽっちもない。楽器だけ買ってくるのである。家には最初は私が習っていたピアノだけがあった。それも八十八鍵のピアノを買う余裕がなく、七十六鍵という妙に中途半端なアップライトピアノであった。それでも簡単な曲を習っているときは、鍵盤の中央部だけで用が足りたものの、

ソネチネになると高音部と低音部の鍵盤が足りなくなり、端っこまで行っては、また戻るという練習を繰り返していた。だから先生の家で八十八鍵のピアノを前にすると、

(このまま下に行ってよいのやら、それとも上に戻るんだったか)

とわからなくなる。だいたいの場合、失敗してオクターブ違う音を出し、ヒステリー気味の先生に、

「どうしてここから上に行くの。変ねえ」

と叱られた。だいたい八十八鍵のピアノが普通で、うちにあるほうが変だとわかっていたから、うちのピアノは鍵盤が足りませんといっても、わかってもらえないだろうと思い、黙っていた。レッスンには不向きだったが、狭い我が家にはぴったりの大きさのピアノだったの

である。

まだそれは小学校低学年の私のためになっていたが、誰も弾く者がいない楽器を父親が買ってきても、こちらは当惑するばかりだった。ピアノの次に買ったのは、ウクレレだった。当時、吉祥寺にあった名店会館というショッピングセンターの楽器店で、教則本も一緒に買った。それも、

「今日はウクレレを買いに行くぞ」

というのではなく、ぶらぶら店内を見ていて、突然、父親が買ってしまった。家にはハワイアンのレコードもたくさんあって、私も聞きなじんでいたので、父親が弾きたくなったのかなと考えていた。ところが家に帰ると、

「誰かやれ」

という。

「はあ?」

小学生の私と幼稚園の弟、母親はきょとんとした。

「教則本まで買ったのだ。見れば弾けるようになるだろう。誰かやれ」

とこちらに押しつける。

「自分が弾くために買ったんじゃないんですか」

そう母親が聞くと、

「パパは観客だ。せっかく買ったんだから、いいから誰かやれ」

誰かやれというのだったら、その前に家族に意見を聞いてもいいの

にと思うのに、父親のやり方は一方的で、いつもこうなのだった。そして家族が困った顔をすると、

「どうして喜ばない」

と怒りだす。弟はまだ小さいし、母親は全くやる気になっていない。となるとターゲットになるのは、私しかいない。

「ピアノをやっているのだから、こんなのすぐできるようになるだろう。ピアノはあんなにいっぱい鍵盤があるけど、ウクレレは弦が四本しかないんだからな」

とわけのわからぬ理屈で丸め込まれ、むりやりにウクレレと教則本を両手に握らされたのである。

教則本の一番最初の曲は「日の丸」だった。子供心にウクレレで弾

く「日の丸」は何となく情けなかった。難儀している私を見た父親は、フレットのところに、ド、レ、ミと書いた紙を、セロハンテープで貼り付けた。こういうことは進んでやるのである。そのおかげかどうか、「日の丸」は弾けるようになった。

「うまい、うまい」

父親はぱちぱちと拍手をした。そして何を血迷ったか、

「早く『小さな竹の橋の下で』を弾けるようになれ」

という。その曲はレコードで聴いて知っていたが明らかに「日の丸」の何百倍も難しい。単音でぽつぽつ弾く「日の丸」と違い、「小さな竹の橋の下で」はコードを使って、一度にポジションを二つも三つも押さえ、しゃんか、しゃんかと弾かなくてはならない。これが正

しいウクレレを弾く姿だとは思ったが、小学校低学年の子供にそう簡単にできるものではない。それなのに父親は毎日、

「まだ弾けないのか、まだか、まだか」

としつこく聞くので、うんざりしてやめてしまった。

「せっかく買ったのに」

彼はぶつぶついっていたが、そのうちあきらめたらしく、何もいわなくなった。

それからしばらくして家の中に置いてあったのは、マラカスだった。

「何でこんなものが」

私は手に取ってじっと眺めた。すると父親は、

「ほれ、こういうのもあるぞ」

とうれしそうに見せた。それは瓜のような形をしていて、胴体にたくさんの筋が彫ってあり、そこを棒でこすって音を出す。ギリギリと妙な音がした。

「これはグィロというのだ」

父親は得意そうに胸を張った。それを見ながら私は、いったいどこでこんなものを見つけてくるのかと首をかしげた。音階が出せる楽器はともかく、こういうリズム楽器には全く興味がないので、彼が熱心に勧めても、

「ふーん」

といったっきりほったらかしにしていたが、弟はそれらに異常なほどの関心を示した。ウクレレのときは面白半分で、フレットを押さえ

ないまま適当にかき鳴らしたりしていたことはあったけれども、今度は違った。マラカスをかしゃかしゃと振り、グィロをギリッ、ギリッとこすっては悦に入っていた。

「おお、うまいじゃないか。ちゃんとリズムが刻めている」

父親が褒めると、弟はますます調子に乗って、意味もなくそれらの楽器を鳴らしながら、家の中を歩き回った。

「どこが面白いのかしら」

息子の不可解な行動を見た母親はあきれ顔だった。しかし弟は何かに憑かれたように、マラカスやグィロを手にしては満足そうだった。

さすがにリズムを刻んでいるだけではつまらなくなり、音曲に参加したくなったのか、弟は家にあるレコードを探し始めた。父親は、

「やっぱりこれだろう」

と一枚のLPレコードを取り出した。

「トリオ・ロス・パンチョスだ」

弟は名前がパンツに似ていると大喜びして、マラカスとグィロを振り回して、

「とりお、ろす、ぱんちょす。とりお、ろす、ぱんちょす」

と何度もしつこく繰り返しては、一人で大笑いする。私は、

「お前はバカか」

と頭をはたきたくなるのを、じっと堪えていた。

弟は家にあった麦わら帽子をかぶり、細長い手織のテーブルセンターを肩からかけ、服装から雰囲気を盛り上げていた。レコードプレー

ヤーから流れてくる、「ベサメ・ムーチョ」「キエン・セラ」「キサス・キサス・キサス」に合わせて、マラカスを振り、グィロをこすった。曲が変わるごとにマラカスとグィロを持ち替えたりして、本人なりに気分転換をはかっているようだった。目をつぶって曲にひたりながら、一、二、一、二のリズムで左右に腰を振る。単純なリズムでもそれなりにこれらのラテンの曲に合ってしまったので、弟はトリオ・ロス・パンチョスの第四のメンバーだと錯覚しているのではと思えるほどだった。

「うまい、うまい」

ラテン音楽を聴きながら、リズム担当で悦に入っている幼稚園の息子を見た父親は、大拍手だった。うまいも下手もあったもんじゃないが、父親としては自分が買ってきた日常生活に何の役にも立たない楽器を、息子が喜んで演奏するのがうれしかったらしい。母親は、それらのレコードや楽器を買った父親の趣味代の残りで、生活しなければならない任務を負っていたから、面白くなさそうな顔をしていたし、私は明らかにバカと思われる弟の将来を心配した。毎日、弟は、

「べっさめー……」

とそこだけを歌いながら腰を振り続けた。

半月ほどたって、楽器は私と弟の姉弟げんかで武器として使われ、ウクレレは割れ、マラカスはすっとび、グィロは取っ組み合いをした私の尻の下で見事に潰れた。父親は、誰も買ってと頼んだ覚えはないのに、

「せっかく買ってやったのに」
と激怒した。母親は何の感情もないのか、淡々としていた。私と弟はやっちゃったと思いつつ、そろそろ飽きはじめたころだったので、壊れてくれてちょっとほっとしていた。

将来を心配したバカな弟は、予想に反して姉よりもはるかに頭がよくなり、のちにギターを手にするようになって、ギター小僧からギターおやじとなった。私は中年になって三味線をはじめた。中断はあるけれど、楽器との縁は続いている。多少は父親にも感謝しなくてはならないのかもしれない。で、あれだけ弟をのめりこませた「トリオ・ロス・パンチョス」はいかにと調べてみたら、メンバーチェンジはあったのだろうが、今も健在だった。ラテンの名曲だけではなく、「だんご3兄弟」まで歌っていた。私の家族にもいろいろあったが、「トリオ・ロス・パンチョス」にもいろいろあったのだろうなあと、幼いころを思い出しつつ、月日の流れをしみじみとかみしめたのであった。

カラオケ引退

うちには出版社のご厚意で、いろいろな雑誌を贈っていただいていているのだが、芸能関係の雑誌をぱらぱらめくっていて、私は愕然とした。人気のあるカラオケの曲のベストテンランキングに、最初から最後まで知っている曲が一曲もなかったからであった。ある一部のデータなので、どのカラオケ店にもあてはまるのではないだろうが、紹介されていたのは次の十曲だった。

一 雪の華　　中島美嘉

二　世界に一つだけの花　　SMAP
三　涙《なだ》そうそう　　夏川りみ
四　さくら（独唱）　　森山直太朗
五　Choo Choo TRAIN　　EXILE
六　No way to say　　浜崎あゆみ
七　ビバ★ロック　　ORANGE RANGE
八　明日への扉　　I WiSH
九　fragile　　Every Little
Thing
十　メリッサ　　ポルノグラフィティ

曲は「世界に一つだけの花」のサビの部分以外、ぜーんぜんわからないし、歌手で個人やグループ全員の顔をはっきり認識できるのは、中島美嘉、ＳＭＡＰ、浜崎あゆみだけ。Ｅｖｅｒｙ　Ｌｉｔｔｌｅ　Ｔｈｉｎｇは、男女二人になったと聞いた記憶はあるが、ｔｈｅ　ｂｒｉｌｌｉａｎｔ　ｇｒｅｅｎとの区別がつかないので、胸を張ってわかるとはいえない。団体でこられると絶対にわからないといってもいいくらいだ。ＥＸＩＬＥもテレビでちらっと見たことはあるし、ＯＲＡＮＧＥ　ＲＡＮＧＥは「上海ハニー」とかいう曲のＣＭを見た記憶はあるが、個人の顔は全くわからない。夏川りみ、森山直太朗も、うっすらと気配はわかるものの、頭の中ではっきりと像が結ばれないのだ。

おととしだったか、同年輩の友だちが興味津々の顔で、

「ねえねえ、今度の紅白にポルノの人が出るんだってよ」

というので、ポルノの人って、ポルノ映画全盛時代の女優さんでも出るのだろうかと思っていたら、「ポルノグラフィティ」のことだった。彼女もそれなりに楽しみに見ていたらしいが、出てきたのが「ポルノの人」ではなくて、全員男性のグループだとわかり、驚いていた。

「本人たちは知らなかったけど、どこかで聞いた曲を歌ってた」

というので、

「NHKのワールドカップの放送のときに、曲が流れてたじゃないの」

と私は知ったかぶりをしたのだが、実はあれだけ流れていた曲名すら、いまだに知らないのである。

このとおり、ここ何年かの流行の曲は全くわからない。「Ｃｈｏｏ Ｃｈｏｏ ＴＲＡＩＮ」は、以前、ＺＯＯが歌っていたのと同じ曲か、別の曲かも知らない。とにかく聞いたことがないからわからないのだ。いつごろからわからなくなったかというと、カラオケから足が遠のいてからだ。カラオケにのめりこんでいたころは、少しでも新しい曲を覚えようと、歌番組を見たり、「月刊歌謡曲」という雑誌を買ったり、今まで買ったことがないＣＤシングルを手にしたりと、レパートリーを増やそうとやっきになっていた。若いころの耳に残っている古い歌だけではなく新しい歌も歌ってやろうじゃないかと、希望に燃えていたのである。

華原朋美にチャレンジしようと、自分とは全く違う高い声ばっかり出していて、酸欠状態で目を剝《む》いてぶっ倒れそうになったり、あまりにリズムが複雑な歌だと全く曲に乗れず、まだ歌っている最中に曲が終わる始末で、新しい曲を歌うと自爆が目立つようになった。

「ううむ、リズムのとり方がめちゃくちゃ難しい」

本当に小室哲哉の打ち込み系の音楽には悩まされた。ちょっとでもつっかかったり間違えると、すぐに遠いところに置き去りになる。ひどいときには出だしで息をちょっと長く吸っただけで、リズムに乗り損ねて腰ががくっとなり、

「さようなら〜」

状態になった。これがとても虚《むな》しかった。

「ついてこれねーだろう」

といわれているかのようだった。そんな難しい曲を若い人たちがいとも簡単に、それも音をはずさずに歌うのを聴いては、

「世の中変わった……」

と呆然とするしかなく、

「こんなに早すぎるリズム、聴いたことねえぞ」

と怒鳴りたくなった。いちおう私はピアノを習い、リズム感も音感も悪くないと思っていた。そのささやかなプライドが、当時の流行の曲に、次々と打ち砕かれていったのであった。

それから麻雀を覚えたために、カラオケとの縁は切れてしまった。ますます流行の歌はわからなくなり、歌手やミュージシャンの顔も区別できなくなってきたのもこのころだ。ちょうど中年のほどよいボケ

も入ってきたころだろうとは思うのだが、誰が誰やら判別できない。で、今ではカラオケのトップテンに入っている曲や歌手ですら、わからないといった状況まで落ちているのである。

たまーに友人たちと会って食事した後、そのなかで強硬にカラオケ行きを主張する人がいると、お付き合いすることもあったが、それも数年前のことになる。カラオケ行きにこだわった人が不倫中で、一人で「テレサ・テン特集」になっていたので、その他の私たちはおちゃらけていた。カラオケにのめりこんでいたころは、少しでもましに歌おうとか、

「おお、そんな曲があったのか」

と驚かせたいとか、いろいろと下心もあったのだが、プライドもな

くなった身としては、そんなものは消え失せていた。しっとりと、瞳に涙をにじませて「つぐない」を歌っている彼女の横で、ひょこひょこと植木等の真似をしてツーステップで歩きまわったり、自分の番になると友だちと、狩人の「あずさ2号」を暴れながら熱唱した。しっとり系の「テレサ・テン特集」の彼女には申し訳ないが、他のメンバーは全くそういうタイプではないので、最後は、

「読まれた鼻毛が五万本ーっ」

とクレイジー・キャッツの歌の大合唱で締め、しっとりちゃんをますます落ち込ませてしまったのであった。

四年前から小唄と三味線を習っているが、週に一度でも小唄を習っていることで、カラオケに影響があるのかと、ふと思うことがある。

以前、歌っていて出にくかった音が出るようになったりするのかなあと思うのだ。入門してすぐのころ、七十六歳の姉弟子に、

「あなた、カラオケなさる?」

と聞かれた。

「前は週に三回は歌ってましたけど、今は全然行ってないんです」

「あらそう。私はカラオケが好きなのよ。この間もね、夜中の二時まで歌っちゃったの。カラオケを歌っているとすぐに時間が経っちゃうわねえ。でもこれは先生には内緒よ。先生はカラオケがお好きじゃないから」

と小声で教えてくれたのだった。先生は小唄を教えるときに、

「いいですか。カラオケを歌うときとは、声の出し方が違うんですよ。

カラオケはみなさん簡単に歌えますけどね、小唄はそうじゃないの。ああいうふうにマイクを持って歌うのとは違うのよ」

と何度もおっしゃっていた。とにかくカラオケとは違うから、同じように歌わないようにというのだ。西洋音楽の発声のように、わーっと声を前に出すのではなく、腹式呼吸をするのは同じだけれども、そ

れを外に出すのではなく、ぐっと溜める邦楽特有の発声法があるのだとおっしゃる。そういわれても、素人の私には何が何やらわからず、ただ音だけははずさないように、学校の音楽で習ったように声は前に出さないようにと、それればかりを考えていた。

半年ほど前に入門した女性で、とても小唄の上手な方がいる。とても初めてとは思えず、どんな唄を唄っても、ベテランの風格が漂って

いるのだ。こういう人が、唄のセンスがあるっていうんだろうなと感心していたのだが、彼女はカラオケが大好きで、小唄を習うようになってから、レパートリーの美空ひばりの曲がとても上手に歌えるようになったという。週に一度のお稽古は役に立っているようだ。

「私もちょっとは上手になってるかしら」

期待するものの、どんな歌を歌っていいやらわからない。中島みゆきの歌はよく歌っていたが、「プロジェクトX」の主題歌の題名も忘れちゃったし、曲も全部知らない。歌えるのは「ひとり上手」や「わかれうた」といった昔のものだ。一年間に出る曲は山のようにある。あの曲名、歌手名、コードが書いてある本も、どれだけの厚さになっているのだろう。すでに百科事典五冊分ほどの厚さになっているのではないか。曲の新陳代謝が激しく、私が歌える歌は、ほとんど削除されているかもしれない。ベテラン歌手のほとんど売れなかったデビュー曲とか、マニアックなものばかりを選んでいたから、容量の問題からして影も形もない可能性が大である。何であっても、していたことを中断すると今の世の中の速い流れでは、すぐに置いていかれる。この歳になると中断した後、再びついていくのは大変だ。欲を出してカラオケに復帰するよりも、静かに去ったほうが得策だろうと、私は心に決めたのである。

おならと恥じらい

高校生のとき、将来、結婚するならどんな相手がいいかという話を、クラスメートがしていた。私は全くそういうことが頭になかったので、発言もせずみんなの会話を聞いていた。

「何いってんだ、鏡で自分の顔をよく見てからいえよ」

といいたくなるくらい、ハンサムな男性との結婚生活を熱く語る子がいた。すべてにおいて他人が思っているよりも、自分を数段よく思っている女の子だった。それでもみんな呆れつつも、

「ふーん」

とひとりよがりの話を聞いてやっていた。主体性なく、

「親の決めた人と見合いで結婚する」

という子もいた。

「自分の目よりも親の目のほうが信頼できるし、自分が一生苦労しないような人を選んでくれるから」

これまた、一同、

「はあ」

といちおう返事をした。そのなかでものすごく真剣な顔をしている子がいた。話を聞きながら眉間にしわを寄せて、ものすごく悩んでいるようなのである。

（今からそんなに真剣に悩む問題か）

と思いつつも、彼女と私は仲がよかったので、いったいどうしたのだろうと、彼女の顔を眺めていた。

「あなたはどうなのよ」

彼女は、悩んだ顔のまま口を開いた。

「したいけど勇気がないわ」

それがあまりに切羽詰まった態度だったので、いったい何事かと私たちは一歩、彼女のほうに近寄った。

「どうして勇気がないの？」

しばらく彼女は黙っていたが、

「だって、好きな人の前でおならができる？」

と、いい放った。

「えっ」

一歩近づいた私たちは、思わずのけぞった。想像もしていない内容だったので、みな二の句が継げずに、口をあんぐりと開けたまま、呆然とした。

「だって一緒に住むんでしょ。トイレだって一緒なのよ。自分が大をした後に、彼が入るのを想像しただけで、もう、いたたまれないわ」

「…………」

一気にみんなのテンションが下がった。それまでハンサムだの、かっこいいだの、お金持ちだのといっていたのに、おならのひとことで夢から現実に引き戻されたのである。

「そ、そういうことを気にしないでいい人と結婚すればいいのよ」

その場の空気を盛り上げようと、一人の子があわてていった。

「そう、そ……うよね」

みんなも薄笑いを浮かべながらうなずいた。しかし悩める彼女は、

「だって、聞かれてもいい人なんて、どうでもいい人だもん。そんなどうでもいい人と一緒に住めないわ」

と結婚生活のおなら問題について、譲らないのである。みんなは結婚のモデルケースである、両親について話した。

「お父さんはどこでも平気だが、お母さんのは聞いた覚えがない。そういえばどこでしているのだろうか」

「お父さんはどこでも平気だが、お母さんもどこでも平気である」

「お父さんはどこでも平気だが、それを聞いたお母さんは怒って、復讐だといって自分もする。我慢してためこんでいたのか、こっちのほうがすごかったりする」

話しているうちに、こっちのほうが面白くなって、みんなげらげら笑いながら話しはじめたなかで、問題提起をした彼女だけが、相変わらす暗い顔だ。

「夫婦ってそういうもんなんじゃないの」

一人がいい放った。いったいどういうもんだかよくわからなかったが、お父さんよりもお母さんのほうが、大変そうだということだけはわかった。

「そんなに心配だったら、あなた専用のトイレを作ってくれる人がいいわ。お金持ちがいいわよ」

「そうね。広い家じゃないとだめね。トイレに入っていても、音が外に漏れたら意味がないもの」

とつぶやいた。彼女は性格はいいのだが、とても心配性なのである。

「ものすごーく広い家の上と下とか、いちばん離れているところに、あなた専用のトイレを作ってもらえばいいのよ」

真顔の彼女を見ていると、どんどん自分たちの夢が崩れているのがわかったみんなは、とにかくおなら問題から引き離そうとした。それでも、

「音も臭いもなくて、人に気づかれないようにする方法ってないのかしら」

と相変わらす悩み続け、

「でも私、お金持ちの人は好きにならないような気がする」

とまた振り出しに戻った。みんながえっというような顔になったとたん、救いの始業のチャイムが鳴った。みんなの夢はぎりぎりのところで壊されずに済んだ。のちに悩める彼女はみんなのなかで真っ先に、年下のハンサムな男性と結婚したのである。


私は結婚も同棲もしたことがないので、同居人がいる生活はどういうものかわからない。実家にいるときもいちおう身内とはいえ、マナーは必要だから、いつでもどこでもというわけにはいかなかった。夫婦仲が不仲であっても、母親も父親がいるときにしたのを聞いた覚えはない。いちおう夫としてたてていたのであろうか。ところが離婚し

たとたん、歯止めがなくなった母親は変わった。高校時代の調査結果のお父さんと同じように、

「いつでもどこでも平気」

になってしまったのである。

これまでその空気を、体のいったいどこに隠していたのかといいたくなるくらい、空砲をぶっぱなした。もちろんこっちは不愉快になって、にらみつける。するといつも、

「あっ」

と小さな声を出して、右手をぐーにして、お尻の穴に押し当てる。そんなことをしたって何の役にも立たないのに、いちおうしまったという顔をするのである。しかし「あっ」の声よりも、百万倍大きな音

をその前に聞かされているこっちは、そんなことをされると、余計に腹が立ってくる。特に弟はとてもマナーにうるさく、食事の仕方から立居振舞まで、いちいち細かくチェックするタイプなので、母親が目の前でおならをすると、発狂せんばかりに怒った。それでも母親は、

「出ちゃったもんはしょうがない」

と開き直った。

「あーっ」

彼は地団駄をふみながら髪の毛をかきむしり、戸を開け放って必死になって空気を入れ換えようとした。ひどいときは食事をしながらもする。憤る気力もなくなった弟は、無言のまま自分の目の前の皿をお盆にのせ、自分の部屋に入っていった。

(ひどすぎる)

私も非難の目つきで彼女をにらみつけたが、

「あはは ー」

と本人はめちゃくちゃ明るい。その明るさが弟と私をひどく暗くさせたのである。

その後はさすがに子供たちの非難の目を意識したのか、彼女なりに我慢をするようになった。ところがそのかわりに、げっぷを山のようにする。それもかわいいものではなく、

「んごあっ」

というものすごい音なのだ。

「あーっ」

またまた弟は髪の毛をかきむしりながら、目を剝いて母親をにらみつけた。

「どうしてそんなことをするんだ！」

するとなんと母親は平然と、

「下を我慢すると、上から出るんだもん。それを我慢するとガスが体中をかけめぐって、『かけめぐる青春』よ。ビューティ、ビューティー……」

と歌い出す始末だった。私は二人の相容れないやりとりを聞きながら、人体はひとつの管でつながっていると再認識したのだった。

弟は上から下からの「空砲袋」となっている母親を観察し、物を食べるときに空気も一緒に吸い込んでいるのを発見した。母親は口が大きいので、大きな魚が口をがばっと開けて、がーっと雑魚を吸い込むように、そこいらの空気を飲み込んでいるという結果を提示したのである。

「絶対、直して！」

彼は強硬な態度に出たが、そう簡単には改善されるものではない。現在、二人は一緒に住んでいるが、いまだに母親はあれこれ注意されているようである。さすがに彼女も歳をとってきたので、以前ほど空砲に勢いはないとはいえ、室内でぶっぱなしては顰蹙《ひんしゅく》をかっている。

「これでミを出すようになったら、ボケた証拠だけどね。まだ大丈夫」

などと頓着していない。乙女であったころ、それなりに恥じらいはあっただろう。高校時代のクラスメートも、みな結婚したところをみると、問題は解決したのだろう。乙女には万死に値するおならも、今ではただの生理現象だ。おならと共に恥じらいも、空の彼方にふっとんでいってしまった。母親の歳になったら、何をいっても無駄であろう。私としては、これからもミを出さないように、がんばって欲しいと願うばかりである。

家電の叫び

昨年末、テレビ番組が面白くないので、録画してあったビデオでも見ようと、テレビにはスイッチをいれず、ビデオデッキにテープをセットして、トイレに行った。戻ってきて部屋に入ると、

「ぶーん」

という小さな音が聞こえてきた。ベランダを挟んだ向かい側の通りに面して、建て売り住宅が並んでいるし、住宅のリフォームの工事も多いので、そんな音がしているのだろうと思っていた。ところがテレ

ビのある場所に近付くにつれて、その、

「ぶーん」

という音はだんだん大きくなり、

「ぶーんっ、ぶーんっ」

と苛立《いらだ》ったような音に変わっていった。

「えっ……まさか」

ビデオデッキのスイッチを切ると、音はぴたっと止まった。そして
もう一度スイッチをいれたら、今度は、

「ぶおおおおお」

ととんでもなく大きな音を発するようになった。

「えっ、なんでまた、これが、えっ」

とうろたえているうちに、まるでそれは飛行機の爆音のような大きな音になり、このままビデオデッキが空を飛んでいきそうな気配になってきたのである。

万が一、爆発したらえらいことになる。年末だというのに、ビデオデッキの爆発に巻き込まれた爆死は嫌だ。できるだけデッキから離れて、家の中でいちばん柄《え》の長さがある箒《ほうき》を抱え、テープの取り出しボタンを柄の端っこで押し、速攻でテープを回収した後、再び柄で電源スイッチを押して切った。

「ぶ……ん」

と音は収まった。おそるおそる近付いてみたが、発火した様子はなかった。が、テープを入れると明らかにデッキは、不愉快そうにうなったのである。

このデッキは、当時住んでいた吉祥寺にあった大型電器店に、カートを引きずって買いに行った。奮発してハイファイビデオを買おうと意気込んで店に行ったのであった。あれから十五、六年は経過している。

「そうか、そんなに長く使っていたのかあ」

しばし感慨に耽った。いつもそこにあって、何の問題もなく作動していたから、どれだけ年月が経っているかなんて、いちいち考えないけれども、十五、六年経っているということは、十二分にお役目を果たしてくれたといってもいいだろうが、その最後が、

「ぶおおおおお」

という爆音だったのは、とても意外だった。そんな元気のいい音が出るんだったら、もっと働けるだろうといいたくなるが、ビデオデッキにはデッキなりの事情があったようなのであった。

新しく電気製品を買ったはいいが、どういうわけかすぐに壊れるという人の話を聞く。パソコンもテレビも触ったものが、信じられないほどの短期間ですぐに壊れるという。その短期間というのも、半年とか一年というものではなく、日にち単位なのである。初期不良でもないのに、そうなるというのは、体から電気製品に悪影響を与える、特殊な電波が出ているのかしらと心配になるが、私の場合はその反対で、比較的長持ちしてしまうようだ。ただしパソコンだけは他の電気製品に比べてだめになるのが早いような気がするが、五年持てばまあ、平均的な寿命ではないかと思っている。壊れれば新しい機種に買い換えられるけれども、物持ちがいいというのも問題が多い。電気製品は特に買ったとたんに古くなるから、性能も新製品に比べて格段に違う。値段もとても安くなったりする。それが困るのである。まだ使えるのに、新製品にどんどん買い換える人もいるが、どうも私はそれができない。

「これが壊れるまで」

と思っているのだが、それが壊れてくれない。五年、十年と経つうちに、続々と心を引かれる新製品が出てくる。

「早く壊れてくれないかなあ」

と期待しているのに、全く壊れる気配はない。外見も新品どおりというわけにはいかず、古びてくる。それでもしっかり働いてくれているのである。

十年ほど前、空気清浄機を購入した。当時、それは画期的な商品で、値段もそこそこしたものだった。現在も使っているのだが、雑誌の編集者が、

「いろいろと他のメーカーとの関係で、うちの雑誌ではおおっぴらには紹介できなかったんですけれど、あの空気清浄機は相当いいですよ」

と某メーカーの空気清浄機の情報を教えてくれた。それは私の想像を超えた効果を伴う機種だった。私は喉が弱いので、空気清浄機が必需品である。もしかしたらメーカーの甘い言葉に騙されているのでは

ないかと疑い、清浄機を使うのをやめたら、てきめんに喉の調子がおかしくなった。うちには空気清浄機が必需品であり、どれでもいいわけではなく、やはり性能がいいものに気をひかれるのは人情だろう。

「欲しい……」

でもまだ古い空気清浄機ががんばっている。集塵紙はちゃんと汚れるので、きちんと働いてくれている。が、塵《ちり》や埃《ほこり》を集めるということは、清浄機本体も汚れるわけで、いくら拭いても取れない部分があって、うっすらと汚らしい。がんばって働いてくれているのは十分にわかっているが、正直いって、

「壊れてくれないかなあ」

と思っている。先日、朝方に、

「ぶーん」

という小さな音で目が覚めた。何だろうと音をたどっていくと、空気清浄機にたどりついた。

「おお、とうとうだめになったか」

とちょっと期待して見てみたら、集塵紙の取り替えサインの赤いランプが点滅していた。これまでは「ぶーん」という音はしなかったので、ビデオデッキの件もあり、

「買い換えの時期かな」

と期待している。壊れる気配はないものの、そろそろ微妙な時期にきていると思う。

私が電気製品の寿命を判断する基準は、

「ぶーん」

の音になった。これは電気製品が発する、

「もうだめー。もう、いやー」

の声なのではないだろうか。家の中で数年前から、

「ぶーん」

を発して私を不安にさせているのが、冷蔵庫である。冷蔵庫は多少は音がするけれども、それが時折、ものすごく大きな音になるのだ。冷蔵庫も十四年前の製品で、壊れるのも時間の問題かと思われるのであるが、なかなかどうして壊れない。実はこの冷蔵庫は今のマンションに引っ越してきたときに、友だちが新しい外国製の冷蔵庫に買い換えるというので、それをもらったものだ。つまりただでいただいちゃ

ったわけで、それが十年も動いていることを考えると、ありがたいとは思うのだが、四年ほど前からひどくなってきた、

「ぶーん」

が私をどきどきさせている。ふだんの音は気にならないのに、何の具合か、

「ぶーん、ぶーん」

と五分ほど不愉快そうな音をたてた後、ぱたっと音がしなくなる。その繰り返しなのであるが、音がしはじめると一週間ほどぶっ続けで音がして、しないとなると、何カ月もしない。不意打ちで、

「ぶーん」

が襲ってくる。定期的だと、機械の作動具合でそんなこともあるの

かと思えるが、不定期というのが無気味である。

「調子が悪くなってんぞー」

と訴えているような気がしてくる。となると、いつ壊れるのかしらと不安でならない。スリードアの冷蔵庫の中はいつもはすかすかなのだが、よく考えてみると買い出しに行って、入っているものが多いときに、音がするような気がする。冬場はまだ冷蔵庫がなくても何とかなるが、夏場はちょっと辛い。こちらの心中を察するかのように、春先、夏場になると、より、

「ぶーん」

が激しくなってくる。ここ四年の間、特に夏場は、「ぶーん」との闘いだった。いつ壊れるか、いつ壊れるかとどきどきしていた。

毎年、どきどきしながらも、何とか冷蔵庫は働き続けている。もちろん買い換えを検討しなかったわけではないが、カタログを見ていると、不思議と「ぶーん」がなくなる。音がしないならいいやと放っておくうちに、また音がしはじめるという有様で、ずっとイタチごっこを繰り返しているのである。

ところで原稿を書いてきて、使っているノートパソコンの画面の角度を変えようとしたら、バキッと音がして、蓋と本体の蝶番《ちようつがい》の横の部分が見事に割れて砕け散った。これもちょうど五年目である。衝撃で蓋の角の部分がめくれて側面にすきまができ、配電盤のようなものが見えている。蓋がもぎとれてしまうのかと心配になって動かしたら、すきまから小さいネジがぼろぼろと落ちてきた。蓋がはずれると困るので、とりあえず破損した部分にガムテープを貼った。めっちゃくちゃかっこ悪い。薄汚れた空気清浄機、脅すようにうなる冷蔵庫、蓋がめくれて中からネジがこぼれ落ちるノートパソコン。見苦しく情けない電気製品ばかりで、げんなりしてしまう。ノートパソコンも最後のときには「ぶーん」と音を出すのだろうか。蓋のすきまから危険な電波が放射されないかと心配しつつも、今後の展開を楽しみにしているのである。

世界は「こぶし」つながり

夜中、ネコに起こされた。

「え、何なの」

と寝ぼけながら聞くと、にゃあにゃあと鳴いて、外に出してくれという。冬場は寒いので夜中に出歩くことはなかったのだが、暖かくなってきたので、夜遊びをしたくなったらしい。

「すぐに帰ってくるのよ」

戸を開けてやると、いそいそと出ていった。帰ってくるまで戸を閉めるわけにはいかないので、暇つぶしにテレビをつけた。画面には小林克也が映っていた。「ベストヒットUSA」のBGMもそのままで、背後には見覚えのあるネオンサインも掲げられている。

「懐かしーい。また番組が復活したんだ」

と見ていたら、タイトルは「ベストヒットUSA2004」と変わったらしい。それでもかつてこの番組を毎週欠かさず見ていた私としては、感慨深いものがあった。ちょうどミュージックビデオが全盛で、そういった番組をハイファイビデオに録画して何度も見るのが楽しみだった。当時は、一生物だと思っていたが、そのうちどんどんダビングを繰り返し、今では一本も手元にない。この執着心のなさがコレクターに不向きな性格を表しているのであるが、その夜は思わず画面に見入ってしまった。

番組ではアメリカで今はやりのビデオクリップを流している。国内のミュージシャンでさえ誰が誰だかわからないのに、海外のアーティストとなると、どっちがグループ名か曲名かわからない。知った顔など一人もおらず、まるで浦島太郎の気分であった。虚しい気分で眺めていると、懐かしいミュージックビデオを流すコーナーがあった。何とその日は「T．REX」だった。

「きゃー、ラッキー」

私はパジャマ姿の上に鶴の柄の半纏《はんてん》を羽織ったまま、ぱちぱちと手を叩いた。すでに眠気はふっとび、私の眼はちっこいながらもそれなりに、ぱっちりと見開かれていた。

高校時代の一時期、マーク・ボランは私のアイドルだった。サイケデリックサウンドの流れでグラム・ロックなどと呼ばれていて、マーク・ボランのスパンコールやひらひらのシャツ、サテンのスーツ、ヘアメイクもすべてかっこよく見えた。何度聴いたかわからない、「Get It On」のビデオが映し出された。当時、マーク・ボランが、三十歳以上、生きたくないとか、生きられないとかいったという話を聞いたことがあったが、そのとおり、三十歳前に交通事故で亡くなった。グラム・ロックはあっという間にはやって、あっという間に下火になってしまい、また若くして亡くなったことで、マーク・ボランが脚光を浴びたのは短い期間でしかなかった。

画面ではまぎれもなく、若く全盛期の彼がギターを弾き、歌っていた。当然といえば当然だが、あまりにビデオの作りが稚拙なので驚いた。イラストの背景と人物をただ合成しただけで、その前に今いちばんはやりのミュージックビデオを見せられたものだから、よけいにそう感じたのかもしれない。CG、高感度カメラなどを駆使した、凝った映像などとはほど遠い、まるで紙芝居みたいなビデオだった。高校生のときにそのミュージックビデオを見た記憶はない。だいたいビデオデッキというものすら、家庭には存在しなかった時代である。もしかしたら、T．REXのビデオは後年、誰かが改めて製作したものなのだろうか。しかしその紙芝居ビデオは、ドラッグ渦巻くサイケデリック感からは、めっちゃくちゃ遠い方向にあった。映像を勉強している学生でさえ、こんなものは作らないだろうと思われた。いちおう当

時を感じさせてはいたけれど、

「こういうものに、憧れていたのだなあ」

と、ネコが帰ってくるまで、しばし感慨に耽っていたのである。

昔はよかったなあと思うのは、曲を聴こうと思うと、選択肢が少なかったため、すぐに聴きたい曲が選べたことだった。だいたいメインのはやりものはひとつだった。ロックでもグラムとか、プログレとか、せいぜい五つか六つくらいにしか分かれてなかったのではなかったか。若いころはロックだけではなく、クラシックもジャズも少しだけ聴いていたが、聴くものに悩んだという覚えはない。しかしある時期から、ものすごくジャンルが細分化されてしまい、また日本の音楽もいろいろなものが出てきてしまった。音楽業界の底辺の拡大のためにはよかったのかもしれないが、三十代、四十代となっていくうちに、もうわけがわからなくなってきた。

ラジオやテレビでたまたま見聴きしたものがひっかかると、CDを買ったりもしたが、ひっかかってくるものも年々少なくなってきた。本を選ぶのと同じように、情報ではなく店頭に足を運んで、ぴんと来たものを買おうと試みたこともあった。人が集まっているところではなく、隅にひっそりと並んでいる場所で、前衛音楽やいったい何なのやらわからないCDを買ったこともあったが、私にとってはただの雑音で、聴いているうちに頭が痛くなってきたりした。

小唄と三味線を習うようになってから、純邦楽のCDが増えたが、それでもいつも聴いているわけではない。このように音楽を聴く態勢から遠ざかっていた私に、ショックを与える出来事があった。海外で演奏する津軽三味線の吉田兄弟を追ったテレビ番組だった。そのなかで著名な敏腕プロデューサーが、

「曲を聴いていたら、妻が自分の国の民謡にとてもよく似ていると いっていた」

といった。彼の若い奥さんはスーダン出身のヴォーカリストで、番組のなかで自国の民謡を歌ったらその節回しが見事に、私がイメージする津軽民謡にそっくりだった。アジアの国ならば、接点があるのもわかるが、日本の北の民謡とアフリカ大陸の国の民謡が、こんなに似ているなんて想像もしていなかった。アフリカ民謡だからといって、どんどこどんどこ、明るく太鼓を打ち鳴らして、大声で歌うわけでは

ないのであった。

異常に興味がわいてきた。番組のなかで吉田兄弟と会った若いミュージシャンが、

「三味線の音はバンジョーと似ているね」

といっていた。日本人の私は三味線を弾いているときに、バンジョーと似ているとは思ったこともないが、外国の人が聴くとそう感じるらしい。バンジョーを辞書で調べてみたら、胴の部分は羊の皮が張られ、弦は四本から九本で、指かピックで演奏する。カントリー音楽でよく使われるので、アメリカの楽器かと思っていたら、アフリカからアメリカに移入されたものだと書いてある。三味線の原型は中国から琉球、関西へと伝わったものといわれている。三味線の音に似たバン

ジョーはアフリカ生まれで、アフリカには津軽民謡とよく似た民謡がある。

「こ、これはいったいどういうことか」

ものすごく知りたいけれども、私には調べる時間も知識もない。が、がぜん民族音楽に、それも日本の音楽に類似している音楽に興味がわいてきたのである。

うちの棚を眺めていたら、十年ほど前に買った「世界こぶしめぐり」というCDが目についた。これは店頭で、タイトルが面白かったのでつい買ってしまったものの、一度も聴いたことがなかった。パッケージを見たら、歌手二十三人のうち、知っているのは上原敏、テレサ・テン、スブラクシュミ、アマリア・ロドリゲス、ライトニン・ホプキンス、サラ・ヴォーン、オーティス・レディングだけ。CDを持っているのは、テレサ・テンとスブラクシュミだけだ。これは古今東西の名歌手が「こぶし」つながりで勢揃いしているのだ。正調江差《えさし》追分《おいわけ》を越中谷四三郎という人が歌っていて、追分のルーツといわれている、モンゴルのオルティン・ドー、そしてもっと追分そっくりなブルガリアの民謡も紹介されていた。たしかにそっくりだった。モンゴルと日本は似ていても納得できるが、なぜそこに遠路わざわざブルガリアが参入してくるのか。このところに興味がわくのである。

中国民謡を歌っている十五歳のテレサ・テンの歌いっぷりもすばらしい。こぶしがまわるのは歌がうまい証拠なのであろうが、つくづく歌の上手な人だったんだなあと思わざるをえない。またギリシャのマリネッラという人が歌っているギリシャ歌謡が、私が子供のときにテレビで流れていた、ポップス歌謡によく似ていた。また意外に心地よかったのが御詠歌《ごえいか》だった。御詠歌という言葉は知っているが、聴いたのははじめてである。歌っているのは山村豊子と、仏徒一同の方々。私は御詠歌についても全く知らず、中村とうよう氏の解説によると、「詠歌は仏教歌謡」だとある。収録されているのは京都の六波羅蜜寺の分だそうだが、そういわれても、

「はあ、そうですか」

とうなずくしかない。とにかく日本の音楽に関して、無知が次々と明らかになっていった。御詠歌のルーツをさかのぼると、声明《しょうみょう》に行き着くという。以前、声明のＣＤを聴いたが、たまたま買ったものとの

相性が悪かったのか、それほどいいとは思えなかった。それよりも異国のグレゴリオ聖歌のほうがよっぽど心地よかった。うちのネコもグレゴリオ聖歌が大好きで、かけるとうれしそうに聴いているくらいだ。そのグレゴリオ聖歌と同じくらいの心地よさが、山村豊子の歌う御詠歌にはあった。私は宗教には全く興味がないけれども、癒し情報がなかった昔の日本人は、寺や仏教に接することで癒されていたのだろう。日本人の音楽や民族音楽のつながりについて、もっと知りたい。長らく集中的なＣＤ買いは中断されていたが、これからまた自分なりの新しい楽しみが増えたと、ちょっと楽しくなってきたのである。

ギリシャ歌謡初体験

先日、友だちのAさんが、コンサートのチケットを二枚買ったものの、急用ができて行けなくなったので、自分の分をくれるという。

「ギリシャ歌謡なんだけどね」

「ギリシャ歌謡？」

今年、アテネでオリンピックが開催されるので、その関係もあるらしい。Aさん自身もギリシャ歌謡に特別興味があったわけではなく、

「何か聴きに行こうかなあ」

と情報誌を見て物色していたところ、公演場所も近かったので、本当にたまたまチケットを購入したのだといっていた。それはアグネス・バルツァという女性歌手のコンサートだった。

ギリシャ歌謡といわれても、全く知識がない私にとっては、いったいどういうものか想像ができない。ギリシャの音楽について、何か知ってるかしらと考えてみたが、映画「日曜はダメよ」のテーマしか思い浮かばなかった。今も昔も、

「日曜はダメよ」

の一曲のみである。おまけにこの曲を知ったのは、小学生のころだったのだ。

彼女と同行するはずだったMさんにそういうと、

「同じ。私も『日曜はダメよ』しか知らないわ」
という。二人で、
「ちゃらちゃらららん、らららん、らららん、ちゃらららららら
らーん」
と「日曜はダメよ」を、マンションの通路で腰を振りながら口ずさ
んだ。最初は勢いがよかったが、残念ながら年々襲ってきている記憶
力の減退で、途中までしかわからなくなり、最後はぶつぶつもごもご
いいながらの尻つぼみになってしまった。
「出てたのはメルナ・メルクーリだっけ。きれいだったね」
「そうそう。たしか国会議員になったのよね」
「たしか、もう亡くなったよね」

「うん、そういえば新聞で見たような気がする」

私は「日曜はダメよ」を作曲したのが、なんとかキスという名前だったなと、必死に思い出そうとした。この曲もずっと前にエレクトーンを習っていたときに、よく弾かされたのである。しかしこれも記憶力の減退により、

「えーと、えーと」

と口から出てこない。やっと、

「そうだ、アニサキス！」

といったら、二人に、

「あなたねえ、それは寄生虫でしょうよ」

「まあ、やだ。嫌なことを思い出させるわねえ」

と嫌な顔をされた。数年前、Aさんは〆鯖《しめさば》を食べて、アニサキスにやられ、大変な事態に陥ったのである。

「そういえば森繁久彌もアニサキスで死にかけたね」

話題がどんどんギリシャの音楽から遠ざかっているのにもしばらく気がつかず、長生き俳優の森繁久彌や森光子の話に花を咲かせ、

「あ、そういえば……」

とやっと発端のギリシャ歌謡に戻ってきた。私自身はあまり興味もないから、どうしようかなと迷ったのだが、Mさんが、

「面白くなかったら、途中で出てくればいいわよ」

ともう一押しして誘ってくれたので、一緒に行くことになった。

会場には若い人や外国人もちらほら見られたが、どちらかというと

年齢層が高く、見るからに教養豊かと思われる善男善女が集まっておられた。子供連れの人もいたが、この子供たちがみな騒ぐこともなく、とてもおとなしいのである。舞台やコンサートに行くと、

「なぜこの人が」

と首をかしげたくなるような人がいたりするが、今日の場合はそれが私たちにあてはまるように感じた。

「もしかしたら、私たちって、ものすごーく場違いかも」

といいながら周囲を見渡した。

「こういうコンサートに来る人って、どういう方々なのかしらねえ」

こそこそと小声で話し合った。

「うーん、ご一家で音楽好きで、お子さんが音大に通っていらっし

ゃる方とか……」

「夫婦でツアーでギリシャに行って、気に入ったっていう人たちもいるかも」

とにかく私たちは「日曜はダメよ」しか頭にないので、ギリシャ歌謡に関して語れるものは何もなく、目の前の観客のことしか会話にならなかった。

入り口でもらったプログラムを見ると、

「都合により指揮者は出演しなくなり、管弦楽はギリシャ音楽国立管弦楽団から、ギリシャ音楽フォーク・オーケストラに変更になった」

と書いてある。指揮者も来ないし、楽団の名前から受ける印象からするといかにもマイナーチェンジという感じである。

「ギャラの問題でもめたのかしら」

と余計なおせっかいをやきたくなった。歌われる曲目リストを見て、

「日曜はダメよ」の作曲者が、ハジダキスだと思い出した。

「ほーらやっぱり、なんとかキスだった」

とうなずいているうちに、開演となった。

代わりにやってきたシンプルな楽団が曲を奏ではじめた。ところがいつまでたっても、歌手が出てこない。その日は雨が降っていて、三月の下旬なのにとても寒い日だった。おかしいなと思いつつ、

「コンナサムイトコロ、イヤデス。ノドヲイタメマスなんていって、帰っちゃったのかしら」

と薄暗がりでまた、こそこそと話し合った。ところがプログラムをよーく見てみると、オーケストラのみの演奏にはちゃんと印がついていた。休憩をはさんで前半、後半に二曲ずつが、演奏のみになっている。おばちゃんはちゃんとプログラムも見ないから、こんなことになるのである。

二曲目から黒のロングドレスのアグネス・バルツァが登場した。歌いはじめたとたん、

「ああ、いい声だな」

と思った。温かみがあってほっとするような声だ。舞台には対訳が映し出され、歌の意味もとれるようになっているが、訳文の文章があまりに下手で、見ていて腹が立ってきたので、対訳は無視することに

した。彼女の歌を聞きながら、作詞、作曲、編曲者の名前を見ては、(クサルハコス、テオドラキス、ガツォス、ツィツアニス……。最後にスのつく名前の人ばっかりだなあ)

と妙に感心していたのである。

ギリシャ歌謡について全く知らないながらも、イメージは「日曜はダメよ」で固まっていたものだから、聴いているうちに徐々に違和感が出てきてしまった。Mさんも同じ感想だった。どこに違和感があったかというと、

「歌が高尚すぎる」

のである。もうちょっと、いい意味でおちゃらけた感じの、軽いものだと思っていたのが、朗々と素晴らしい歌声で歌われると、それは

それでいいものを聴かせていただいたという気持ちには変わりはないが、

「もうちょっと、庶民的なほうが……」

といいたくなってしまったのである。

私は何の知識もないので、感じたままを書くしかないのだが、アグネス・バルツァがギリシャ歌謡を歌うというのは、日本に置き換えると佐藤しのぶや鮫島有美子が歌謡曲を歌うのと同じようなものなのではないだろうか。素晴らしい声の持ち主が、どんな歌を歌ってもみな素晴らしく聴こえるかというと、そうではないだろう。何もわからぬまま、コンサートには行ってよかったとは思った。アグネス・バルツァの声がとても心地よかったからだ。あとで年齢が六十歳と知って、声の艶《つや》と若さにも驚いた。急ごしらえの出演だったのかもしれない、フォーク・オーケストラのおじさんたちも、こぢんまりした素朴な雰囲気で感じがよく、アグネス・バルツァはお召し替えもなく、一着のドレスで済ませていたのも、シンプルでとてもよかった。ただ観客のアンコールがシンプルとは程遠く、しつこくてうんざりしてしまったが。

ギリシャの歌手がどういう経緯で世の中に出てくるのかはわからないが、私としては、きちんとした音楽教育を受けたオペラ歌手などではなくて、

「子供のころから歌だけは上手で、特別な学校にも行ってませんが、たたき上げでここまでやってきました」

というような、庶民的な一般の人に近い感覚でのギリシャ歌謡を聴きたかった。もっと生っぽい庶民の歌声のほうが歌詞の内容にふさわしいように思われた。とにかく「日曜はダメよ」しか頭にないので、ああいう軽くて楽しい曲ばかりかしらと思っていたけれども、監視役、警察官、孤独、死刑執行人などという言葉が歌詞に登場する重々しい曲が多かった。楽しむというより、民族的背景を聴かせていただくといった感じだった。

「『日曜はダメよ』はやらなかったね」

と私たちには欲求不満が残ってしまった。何かなかったら、絶対に行かないであろうギリシャ歌謡のコンサートに行く機会をもらったのはとてもよかった。アグネス・バルツァを知ることができた。彼女はギリシャを代表する、大歌手には間違いないが、オペラの楽曲を歌ったほうが、何倍も素晴らしく聴こえるに違いない。素晴らしい歌声は聴かせてもらったが、その歌唱力ゆえに、残念ながら胸を打たれたとはいえなかったのである。

サムイ島で吉田拓郎

かつて日本の夏の定番の、涼しさを呼ぶ音楽はハワイアンだった。ハワイアンを耳にすると、イヌのよだれみたいに、なんだか涼しい気分になったものだった。この何十年かはビヤガーデンに行っていないが、私が知っている限り、そこで流れているのもハワイアンだった。スチールギターが、ぼよよよーんと鳴ると、涼しい気分は増した。「和田弘とマヒナスターズ」のリーダー、故和田弘氏は、歌謡曲でスチールギターを弾いていたが、そのときは音を聞いても涼しいと思わないのに、ハワイアンに使われると、不思議に涼しさを呼ぶのだった。

しかしハワイに行ってみると、当たり前だがハワイアンはハワイにいちばんよく合っていた。真っ青な空、作り物のように青い海。色鮮やかな花。どこからも文句のつけようがなく、湿気のない空気感にぴったりだ。といっても街のそこここでハワイアンが流れているわけではなく、ただ街を歩く私の頭の中で勝手に、

「かいまなひ～ら～」

とか、曲名は知らないのだが、ウクレレ漫談の牧伸二がハワイアンの曲をもじって使っていた、

「司会の牧伸二、低能の魅力～」

という歌の原曲が流れていただけである。現地に行く前は、日本の

夏はハワイアンで涼しい気分という図式を疑いもしなかった。ハワイには日系の人々も多いので、ハワイアンは昔から身近な音楽だったが、実際の現地の空気に触れると、そこには想像していたものと大きな差があった。同じ島でもやはり空気感は大きく違うのである。

友だち三人でタイのサムイ島に行ったとき、そのうちの一人がCDを持ってきた。旅行に必ずCDを何枚か持参する人がいるが、私は全くそういうことをしない。本も持っていかない。旅行をするとなったら、ただ現地のものを見聞きすることのみに集中する。往復は退屈なので機内の雑誌を読むか、音楽サービスをずっと聞いているか、寝ている。ホテルに行ってもCDは聴かない。音楽を聴きたくなったら、部屋のラジオやテレビのスイッチを入れる。たまたまそのときは、ホテルの部屋ではなく、敷地の中にあるコテージを借りた。それぞれにベッドルームはあって、リビングルームはみんなで使うようになっている。自分の旅行をするときの習慣はなかなか変更できないが、こういう宿泊態勢になると、旅行先での他人の、自分とは違う過ごし方を見ることになって面白いのだ。

彼女が持ってきていたのは、「吉田拓郎全曲集」だった。

「どうして吉田拓郎なの」

「店頭で見て懐かしくなって買ったんだけど、仕事が忙しくてなかなか聴けなかったから」

「なるほど」

私はうなずいた。ふだん家ではできないことを、のんびりとできる旅行先でする。だから本を読んだり、気になっているCDを聴くというわけなのである。しかし私の場合は、家で嫌になるほど本を読んでいるので、旅行をしているときくらい、本から遠ざかっていたい。音楽もまあ普通に現地で過ごしていて、耳に入ってくるものでいいかといった具合である。ただ友だちも私と同じようなタイプで、あくせく動き回るよりも、ぼーっとすることが目的だ。ちょっとくらいは買い物はするが、あとは必死に名所旧跡巡りなどはしないで、ただだらだらしているのが好きなのである。

「で、どうして吉田拓郎なの」

もう一度、私は聞いた。なぜ南こうせつではいけなかったのか。泉谷しげる、アリス、オフコース、RCサクセション、井上陽水ではな

かったのか。彼女の返事は、

「何となく」

だった。

私にとっても吉田拓郎は懐かしかった。高校生のときに同じクラスの友だちに、ものすごい拓郎ファンの子がいて、むりやりレコードを借りさせられたからである。彼女は誰も頼みもしないのに、学校に行くと、

「はい、どうぞ」

とにっこり笑いながら、拓郎のＬＰを私に押しつけた。拓郎は人気があったし、嫌いではないけれど、お金がない高校生としては、友だちの間でレコードの貸し借りはひんぱんに行われていて、だいたいみ

んな借りたレコードを五、六枚はかかえていた。

「すぐに聴けないから、あとでいいよ」

と断ると、

「だめ、すぐに聴いて」

と指図までする。絶対に借りなければ、噛みつくぞというような顔をするので、しぶしぶ借りて聴いた。聴いたかどうかチェックするため、曲順や歌詞の内容を聞いてくるので、聴いたふりをして返すなんてできない。それほど吉田拓郎好きだったはずなのに、その後、南こうせつにころっと鞍替えして、私たちはあっけにとられたのだった。

サムイ島といいながら、そこの暑さは強烈だった。のんびりするつもりだったのに、のっけから暑さに打ちのめされて、思考も行動も鈍りまくった。目の前に青く美しい海が広がっていて、すばらしい眺めなのであるが、いかんせんめっちゃくちゃ暑い。吸っても吸っても暑い空気が、鼻の穴と口に入ってくる。空気が暑いというのは、こんなに疲れるものだとは思わなかった。朝七時に目を覚まし、戸を開け放したとたんに、もわーっとした熱気が襲ってくる。

「うー、三十度だ……」

室内の温度計に目をやったとたん、全員ぐったりである。気持ちのいい目覚めはそこにはなかった。

「うー」

いちおうお腹はすいているので、ホテルの本館にあるダイニングルームに行き、おいしいお粥《かゆ》などを食べるのだが、食べているうちにも

どんどん気温が上がっていくのが、体感でわかる。ホテルの人々は、にっこり笑いながら、

「今日はどうするのか。○○には行ったか」

と親切だ。しかしこちらは暑い空気でへばっていて、脳の働きも芳《かんば》しくないので、そんな予定など立てられないのである。

「まだ決めてない」

というと、これまた親切に、

「あそこがいい、ここもいい」

とパンフレットまで持ってきてくれて、アドバイスしてくれるのだが、一同、にっこりうなずきながらも、すべて右の耳の穴から左の耳の穴に抜けていった。

「あー、いったい、どういうこった」

コテージに戻るとため息と共に、それぞれソファ、カウチ、クッションを置いた床にどっと倒れる。みんなクーラーは苦手で嫌いなのに、誰からともなく、

「ク、クーラーを……」

といいはじめる。ぐおーんとクーラーが作動したとたん、

「はあー」

とまた倒れ伏した。とてもリゾートにやってきているとは思えず、一同、行き倒れのような姿で何もいわずにじっとしていた。

しばらくすると、

「拓郎を聴こう」

とつぶやいて、友だちが部屋のコンポーネントステレオにCDをセットした。彼女以外は誰もひとことも発することなく、ぴくりとも動かなかった。セットが終わると彼女はまたソファに倒れ伏した。行き倒れ状態の私たちの耳に入ってきたのは、それぞれ学生時代に聞きなじんだ歌声だった。拓郎の、

「ああ、それが青春」

という声に、

「青春ねえ」

「遠い昔だわねえ」

「いくつになっても青春、っていってる人がいるよ」

「歳をとったら枯れるがいちばん」

一同、行き倒れたまま、それぞれの感想を述べた。とにかく何もしたくないので、議論に発展するわけもなく、みないいっぱなしなのである。

「わたしは今日まで生きてみました」

といわれれば、

「ご苦労さまです」

「はあ、なかなか辛いことばかりでした」

「これからまだ続きます」

「何か面白いことないかなあ」

などとぶつくさいい、そしてまた「今日までそして明日から」を聴く。

「これこそはと　信じれるものが　この世にあるだろうか」

「イメージの詩《うた》」に変わったとたん、みんなぐっと言葉に詰まった。

「そ、そんな難しいこと、今はわかりましえーん」

「許してくださあい」

「暑いよう」

「うー」

とにかく行き倒れ四人組は、彼の歌声を聴きながら、身じろぎもしなかったのである。

しかし倒れ伏しているうちに、「春だったね」「夏休み」「旅の宿」では唱和するくらいに、少し元気になってきた。タイの島の、湿気があってじれったくなるような暑い気候に、彼の曲はぴったりだった。

行ったことはないけれどアメリカ南部とか、ツンドラ地帯にも合いそうだ。あらためて聴くと、どこの土地にもそれなりに合いそうなのは、ちょっとすごいなと再認識した。若いころに聴いた曲ばかりなのに、歌詞がすらすらと出てきたのにも驚いた。「富士には月見草がよく似合う」と同じように、タイのサムイ島には吉田拓郎がよく似合う。最近、私は彼の「青春の詩《うた》」「元気です」を購入して、懐かしさにうち震えているのである。

津軽三味線はしんしんと

先日、友だちのAさんとMさんが、一緒に行こうと、津軽三味線の「吉田兄弟」のコンサートのチケットをプレゼントしてくれた。いつか行ってみたいと思っていたので、うれしくて御礼をいって、ありがたくいただいた。ところが二、三日経って、二人が、

「あのう、コンサートのことなんだけど、気乗りがしなかったら、無理して行かなくてもいいからね。私たちが勝手に買っただけなんだから」

という。

「えっ」

意味がわからなくて聞き返すと、私にチケットを渡してから、二人は不安になったようなのである。

「ねえちょっと、たしか吉田兄弟のファンだっていってたよね。それにしてはあんまり喜んでなかったじゃない。本当にファンなの?」

Aさんは M さんに聞いた。

「うん、そうだっていってたけど」

「それにしては、チケットをあげても喜んでなかったよ。他の誰かと間違えたんじゃないの」

「そんなことないわよ。たしか吉田兄弟だっていってたもん」

「それにしてはねえ……」

そういわれたMさんも、思えばいまひとつ喜んでいなかったような気がする。二人は私の態度を思い出しては、

「本当に喜んどるのか?」

と疑問を持ったといったのである。

「わわっ」

私は焦った。実はチケットをもらって、ものすごくうれしかったのである。そのとき、精一杯の喜びを表現して、

「ありがとう」

と御礼をいったのに、彼女たちには、そうは見えなかった。せっかく厚意でしてくれたのに、こちらの気持ちが通じなかった。それって

相手に対してとても失礼ではないか。

「そ、そんなことないよ。とってもうれしかったわよ。うーん……、そうか。男が逃げていった理由がわかった」

そういったとたん、二人はげらげらと笑いだした。こういう喜びの表現が希薄だと、相手の男性はそれは何事であっても、不審感を持つに違いない。せっかく物を買ってあげたり（といっても私の経験ではハンカチ一枚、もらっただけであるが）しても、こんな調子では腰くだけになるだろう。友だちも大げさに声を上げて、

「きゃあ、うれしい」

と大喜びするタイプではない。ましてやテレビドラマや映画のように、

「うれしーい」

と平気で相手に抱き付けるようなタイプでもない。そういう人からでさえ私は、喜びを表現するのが下手な女と見られた。これが彼氏だったら、やはりショックだっただろうと、少し反省したのである。それから二週間、私は彼女たちと顔を合わせるたびに、

「わあい」

とにこにこ笑いながら両手を上げてはしゃぎ、小躍りしてみせた。せめてものお詫《わ》びのしるしである。しかし私のできそこないの唐傘お化けの踊りみたいな姿を見た二人は、

「もういいから、いいから」

と後ずさりしながら、ちょっとひいていた。

コンサート当日、待ち合わせをした会場で、

「わあい」

と小躍りしてお詫びは終わった。偶然にもギリシャ歌謡のコンサートと同じホールであった。お詫びもすんでほっとしつつ、この間と同じように、いったいどのような客層かとホール内をきょろきょろした。若い女性も多くいたが、それ以上に中高年が目立つ。外国人も見かけたし、全体の比率としては女性のほうが多いように思われた。

「あの年輩の方々は、やっぱり民謡をやっているのかしらねえ」

「そうじゃないのかなあ」

「私たちより、ちょっと若いくらいの人も多いわねえ」

たしかに四十代のはじめくらいの年齢の女性の姿も目につく。

「ああいう人たちは、民謡をやっているというよりも、単純にファンなんじゃないのかなあ。吉田兄弟はかわいいし、ほら、ペー様の追っかけみたいなもんじゃないの」

私がそういったとたん、二人は、

「ペー様？」

と不思議そうな顔をした後、

「あのね、あれはね、ペー様じゃなくてヨン様！　それにペーじゃなくて、ぺよ」

と、きっちり訂正された。

「あ、そうなの？」

最近は人名も顔も区別がつかなくなってきて、相当、あぶないのである。ステージの前のほうには、若いお嬢さんたちがいて、雰囲気が盛り上がっている様子である。ジャンルは違うけれども、三味線を習っている身としては、三味線の弾き手に興味を持ってもらえるのはやはりうれしいことだった。

照明が落ちてコンサートがはじまった。彼らのテンションの持続のためか、途中で休憩はないというアナウンスが流れた。ステージに二人が登場すると、

「わあ、写真と同じだあ」

と当たり前のことに胸がわくわくしてきた。と喜ぶ反面、おばちゃんたちには辛い状況が襲ってきた。ものすごく冷房がきついのだ。頭上からぶんぶんと冷風が送られてきて、あっという間に脳天が冷えて

きたのがわかる。六月でもあるし、外からお客さんがやってくると、最初は暑いから冷房をきつめにしているのかなと思っていた。そのうち冷房もコントロールされるのだろうと思って、ステージに見入った。シンプルに演奏だけを聴かせるのではなく、レーザー光線や映像も流される。

(年寄りにはまぶしすぎて、きついんじゃないか)

私の眼もしょぼしょぼしてきたけれど、彼らの演奏には、

(まあ、本当によくおててが動くこと)

と感心するばかりであった。

どんどんプログラムは進み、兄、弟がソロで弾くコーナーにさしかかったころ、体に異変が起きてきた。しんしんと体が冷えてきたので

ある。頭上からは相変わらずぶんぶんと冷風が降ってくる。冷房よけに長袖のカーディガンは羽織っているものの、体が硬くなってくる。隣に座っていたMさんが、長めのスカートを穿《は》いた私の膝《ひざ》の上に、ドラえもんのタオルを広げて置いてくれた。

「ありがとうございまする」

とうとう我慢しきれなくなったAさんが、ホール内にいた案内係の女性を手招きして呼び、冷房がきつすぎると告げた。彼女はうなずいてすぐに出ていった。

「はあーっ」

これでやっと暖かくなると、私たちはほっとした。

ところがいつまでたっても冷風はどんどん送りこまれてくる。体を小さくして腕をさすりながらの観賞である。私たちでもこうなのに、年輩の方々はと見ると、次々とみなさん演奏中に立ち上がって外に出ていかれる。そりゃあ、この寒さではトイレも近くなることであろう。マナーはちゃんとしていらっしゃるから、すぐ席には座らずに、曲が終わるまで出入り口で待機している。その人数が常に十人以上たまっている始末であった。

彼らの演奏は、若さの勢いがあってとても気持ちがいい。音色はさすがにまだ若いけれども、音に深みが出るのはこれからの彼らの内面の充実によるのだろう。などとあれこれ考えていたのだが、いかんせん寒い！　いつ冷房がゆるくなるか、ゆるくなるかとか期待したものの、結局最後まで、ぶんぶんと冷房は強烈に効いたままだった。

「ううー、あたしらを、冬の津軽の野にいるのと同じような気分にさせるつもりかあ」

臨場感があるといったら、これほど臨場感があるコンサートもなかった。こんなに寒くなるのならば、防寒具を持ってきましたのにと、いいたくなった。もちろんこれは吉田兄弟には何の罪もなく、ひとえにホール側の問題である。私は左腕のひじや膝が、しくしくと痛くなってきた。ご年輩の方々は、あまりの寒さに席で固まって、動けなくなっているのではと心配になったくらいである。

外に出ると、ほっとするような気温だった。

「あらまあ、こんなに暖かい」

夕食を食べようとタクシーに乗り、代官山の和食店に着いてまずたのんだのは、おでんだった。注文したのは冷たいものはひとつもなく、煮物、焼き物など温かいものばかりであった。吉田兄弟の演奏に関しては、聞いてよかったと心から思った。しかし和楽器はマイクを通すものではないと、あらためて感じた。私が習っているのは小唄というお座敷ものなので特にそうなのだが、舞台で披露するのも無理があるような気がしている。津軽三味線は打楽器に近い部分も多いので、お座敷で弾くようなものとは根本的に違うけれども、やはりマイクを通すとよさが半減してしまう。いちばんよかったのは、マイクを通さずに最後に生で弾いた、アンコールの「津軽じょんがら節」だった。和楽器はシンプルに弾き、聴くのがいちばんいい。三味線を弾いたときに発せられる、空気のゆらぎを生で感じられるくらいの広さが、観客も気分がいいのではないだろうか。

「演奏はよかったよねえ」

おでんをつつきながら私たちは、期せずして味わわされた、津軽の臨場感溢れるコンサートを思い出して震え、私は吉田兄弟のようなよく動くおててが欲しいと、心の底から思ったのであった。

老ネコの遠吠え

隣室のシャムネコのビーは御歳十九歳である。十年以上前から知っている私としては、さすがに歳をとったなと思う反面、意外に元気なんだなとも思う。人間でいえば九十六歳くらいであるが、人間に当てはめてみても、頭で想像する九十六歳と実際に会った九十六歳とでは、印象がとても違う。現実に生きているほうが、イメージよりもずっと元気なのである。

とはいっても年齢は年齢であるから、そこここに不都合が起こっている。ビーには二人の飼い主がいて、もともとの飼い主は、ビーを飼ってから喘息《ぜんそく》の症状が出てきたので、知り合いにビーともども居抜きで部屋を明け渡した。それが現飼い主である。私が知っているビーは聞き分けのいい、とってもいい子だった。わがままもいわないし、キャットフードだけをおとなしく食べ、人好きで外見もかわいいし、少々お調子者ではあったが、欠点がなかった。ところがさすがに何年か前から、老化現象が見えるようになった。出し入れ可能な爪が出っぱなし。フローリングの床を歩くときに、カチッカチッと爪が当たる音がする。筋肉が衰えて関節が弱くなってきたので、しゃがむことができずに後ろ足の関節は伸びたまま、前足は湾曲してきた。もともとお尻がゆるいのに拍車がかかって、粗相をする。そしてボケの症状も出てきたらしいのである。

「話しかけてもね、ぼーっと空《くう》を見て、別の次元に行っているみたいなの」

と現飼い主がいう。名前を呼んでも、ぼーっとしている。目の前で指を左右に動かしても反応がない。目、耳とも機能が衰えてきたようだ。

「それなのに、鼻先にロースハムを持っていったら、ものすごい勢いでむしゃぶりついたのよ」

飼い主両人は相当がっくりきた様子であった。ビーが食いボケになったというのである。人間でも夕食を済ませたばかりだというのに、

「ミチコさん、晩御飯はいつかね」

などといって家族をびっくり仰天させるじいさんの話を聞いたりするが、とにかくこれまで見向きもしなかったものまで食べるようになった。食べられなくてもとりあえず、食べ物の匂いがすると、おぼつかなくなった足取りで近寄り、匂いをかいで点検する。そしてだいたい九割の確率で、ぱくりと食べる。

「まさかと思いながら、ふざけて豚の生肉をひらひらさせたら、パクッて食いついたのよ。もう目の前が真っ暗になっちゃった。おまけにね、すぐに吐くのよ」

吐くなら食うな。だからいわないこっちゃないと、現飼い主は床にはいつくばって掃除をしながら叱る。その間、ビーは何事もなかったかのように、去っていくというのがパターンなのである。

ボケたようだと話を聞いてから、ビーは遠吠えをするようになった。それがものすごい大声なのである。

「うわおおおおー」

と四方八方に響き渡る大声で吠える。現飼い主が不在のときに、ビーがベランダで吠えていた。それを聞いた近所の子供が真似をして、

「うわおおおおおー」

と叫んでいたと話したら、

「何て恥ずかしい……」

とつぶやいてうつむいていた。同じネコならば、遠吠えの内容もわかるのではと、

「しいちゃん、何をいってるか教えてね。おばちゃんはね、全然、わ

からないの」

とうちの飼いネコ、「しい」に頼んでいた。

ある日、玄関のドアを開けてしいと私で遊んでいたら、ビーが姿を現した。しいがたたたたっと走っていって、ぐるぐるいいながら挨拶を交わしていると、ビーが突然、

「うわおおおおおー」

と遠吠えをはじめた。するとしいはくるりと向き直り、すたすたと私のところに戻ってきた。

「あら、ビーちゃんはまだそこにいるじゃないの。遊ばないの」

といっても、さっきまであれだけぐるぐる鳴いて、体をすり寄せていたというのに、しいは、

「えっ、誰もいなかったけど」

というような表情で、さっさと室内に引っ込んでしまった。

「え、どうして？　だって、ほら、まだビーちゃんがあそこに……」

しいは完全にビーをいないことにしていた。そしていつまでもビーの遠吠えはご近所に響き渡っていたのである。

「ネコにもわからない言葉で、わめいていたのね」

現飼い主は落胆した。

「いつまで生きてるつもり。いい加減にもういいでしょ。恥をさらしてこれからも生きるつもりか」

と怒るのは元飼い主である。いくらボケたといわれても、自分が嫌なことをいわれているのはわかるらしく、

「うえ〜」

と不満そうな声を出す。そのくせ元飼い主に抱っこをしてもらうと、子ネコ時代を思い出しているのか、うっとりして顔を見上げ、幸せいっぱいという表情になるのだ。

ビーの遠吠えは一向に収まらなかった。ちょうど「負け犬の遠吠え」が評判になりはじめたころにいちばんひどくなったので、

「負けネコの遠吠え」

といったりもした。私は何かの発見になればと、ネコ語がわかるというミャウリンガルを購入していた。うちのネコが鳴くとそれを翻訳しては、一喜一憂していたのである。これを使わない手はない。ビーがベランダから、隣室との境の壁の下をくぐってやってくると、機械

を手に身構えた。音声を収録するタイミングが難しいので、いつもスタンバイしていないと、集音し損なうのである。

「ビーちゃん、どう、調子は」

鼻息だけで声を発することはなかった。ビーがよろよろと移動する後ろをくっついて歩き、チャンスをうかがっていると、洗面所で、

「うわおおおおおー」

と遠吠えした。無事に集音して、機械に「ほんやく中」の表示が出た。

「さあ、何ていってるのかしら」

「お前たちゃ、みんなばかだ」「おれのことはほっといてくれよ」

「何だかいらいらするぞー」など、どんな言葉でもわかったらうれし

いではないか。わくわくしながら表示を見ていたが、いつになっても翻訳されない。そしていつの間にか、収録スタンバイＯＫの状態に戻ってしまった。

「おかしいわねえ」

集音した声の大きさには問題がなかったはずだ。ビーの後をくっついて歩いていると、また遠吠えをした。

「よし、大丈夫！」

また「ほんやく中」の表示を見ながら待っていたものの、結局、ビーの遠吠えは翻訳されなかった。うちのネコ、ミャウリンガルをもってしても、ビーが何をいっているか、解明できなかったのだった。

「やっぱり、わけのわかんないことをいってるんだわ。だからしいちゃんにも無視されたりしたのよ」

現飼い主は悲しそうだった。ミャウリンガルでしいの鳴き声を翻訳したら、私がそういっているのではないかと想像していたのと、ほぼ一致していた。ちょっと怒っているような気配のときはそういう言葉だったし、幸せそうにしているときは、やはりそのような言葉だった。飼い主とネコとの気持ちが通じていれば、それほどかけ離れた結果は出ないものだ。でもビーの遠吠えだけは、全くわからない。

「いい方法はないかしらねえ」

私がそういうと、現飼い主は、

「きっとね、遠吠えしている本人も、何をいってるかわかんないと思う」

とあきらめ顔である。元飼い主は相変わらず、

「ああ、面倒くさい。いい加減、死んでもいいよね」

とまるで他人事《ひとごと》である。

「あんなこといってるけど、本当に死んだら、あの人がいちばん泣くよ」

と私と現飼い主はそうみているが、吠えている本人がわからないものが、他人、ましてやネコとは種類が違う人間にわかるわけがない。だいたい同じ種類のネコが聞いても、遠吠えの意味がわからないのだ。見ていると、うれしいとき、幸せなときに吠えている様子ではないので、不満を表しているらしいということだけはわかった。それが証拠に、飼い主が旅行などで不在のときに自宅にやってきてお世話して

くれる、ビーが大好きなペットサービスの優しいお姉さんが来たときは、遠吠えの「と」の字も聞こえない。お姉さんはビーを抱っこしながら、とっても優しく語りかける。トイレ、御飯のお世話はもちろんのこと、薬を飲ませてくれたり、ブラッシングもしてくれる。そして肉球の足裏マッサージまで施してくれるのだ。

「こいつ、私たちが帰ってきたら、ため息をついたのよ」

二人の飼い主は怒っていた。

「帰ってきて、ご迷惑さまでしたね！　すみませんねえ、幸せな時間をぶちこわして」

たしかにビーは幸せそうな顔をしていた。もちろん遠吠えは出ない。こちらとしては遠吠えをした時点で、

「ああ、何か不満なんだな」

と思うしかないのだが、ネコにも無視される、老ネコの遠吠えの具体的な内容とは、いったいどういうものなのであろうかと、やはり興味はそそられてしまうのである。

豆腐屋さんのラッパと深夜の自転車男

日中、仕事をしていたら、外から、

「ぱーぷー」

とこのあたりでは聞き慣れないラッパの音がした。一度ならまだしも、二度、三度と聞こえてくる。音はだんだん近付いていて、吹いている人は移動しているようだ。

「変な人が、住宅地でラッパを吹いている」

私はあわてた。ただでさえ物騒な世の中である。猛暑も加わって、

常々、不満を持っている陰湿な性格の人間が、

「あつーい。むしゃくしゃするーっ。町内をラッパを吹いて歩いて、目の合った奴を刺してやるーっ」

と考え、それを実行したとしても、今は誰も、

「えぇーっ」

とびっくり仰天することはないだろう。

「ああ、またか」

で済まされてしまう。もしもラッパを吹いているのが怪しい人物だったら、隣近所にすぐさま知らせなくてはならない。別に私は住んでいるマンションの防犯担当ではないが、変だと思ったらそれをほったらかしにしないことが、犯罪から身を守るのである。マンションの一

階には赤ん坊や幼児。二階にはあけみちゃんという名前のチワワもいるのである。知らずに外出して、ふとどきな輩に、えいっとやられたら、ひとたまりもないではないか。その間もずっと、

「ぱーぷー」

は聞こえ続けていた。

私は仕事を中断し、ベランダからそーっと外を見下ろした。気配に気づいた悪漢と目が合ったらどうしようかと、どきどきした。すると下の路地を、旗を立ててクーラーボックスを引いた人が通っていった。ラッパを吹いているのは若いお兄ちゃんである。

「…………」

豆腐屋さんだった。たしかにそれは、昔懐かしい豆腐屋さんがやっ

てきたしるしのラッパの音ではあった。しかし聞いたときには、

「豆腐屋さんだ」

と懐かしくは感じなかった。真っ先に、

「変な人が、住宅地でラッパを吹いている」

と思ったのである。

「うーむ、明らかに日々のニュースに毒されている」

私は心から反省した。誰も外に出たくない暑さのなか、まじめに豆腐の引き売りをしているお兄ちゃんに、

「変な人かと思いました」

といったら、

「豆腐の角に頭をぶつけて死んじまえ」

と激怒されてもしょうがない。

「ごめんね」

私は通り過ぎていくお兄ちゃんの背に向かって、あやまった。

弁解するわけではないが、ここ十数年、ラッパを手にした引き売りの豆腐屋さんの姿を、見かけなくなったので、私のなかでそのような存在はなしになっていたこと、知らず知らずのうちに、ニュースに影響されていたのは間違いない。ここ何年かは、殺人事件が起こっても、なぜその人が被害者になったのか、首をかしげたくなるものが多い。昔はその人に恨みがあるとか、何かしら理由があったものだ。しかし今は、「むしゃくしゃした」「たまたま目が合った」「幸せそうだった」と、偶然にやられてしまったケースがほとんどで、たまたまそこにいただけで、命を奪われる。いつ自分もそうなるかわからないのだ。

そんな事件が続いたとき、私は買い物に出て、後ろから自転車が近付いてくる気配がすると、以前は何とも思わなかったのに、あわてて振り返って確認するようになった。自転車に乗った人には失礼だが、そうせずにはおれない自分が情けない。そう友だちに話すと、

「私もそうするようになっちゃった」

といった。

「何があるかわからないもの。疑ったりして本当に申し訳ないと思うんだけど、自分の身は自分で守るしかないしね」

とはいえ気持ちのいいものではない。人を疑って生活するのは、疑うほうもストレスがたまるのである。

最近は、本当に何が起こるかわからないよねと、二十代の知り合いと話をしていたら、

「夜中に自転車に乗った男性に追いかけられたんです」

という。ファミリーレストランで仕事をして、深夜の二時に家に帰ろうと、自転車で近くの幹線道路を北上していると、

「待てえ」

と背後から声がした。驚いて振り返ると、横縞のポロシャツに、ぴっちぴちのベルボトムのジーンズを穿いた、腹のせり出た小太りの中年男が、

「待てえ。こんな時間に何をしている！」

と叫びながら、追いかけてくる。

（変質者だ）

彼女は身の危険を感じ、もちろん止まることなどせずに、全速力で自転車を漕いだ。体型から見て体を鍛えているとはいい難く、二十代の彼女は彼を撒《ま》く自信があったので、脚に力をこめてペダルを漕ぎ続けた。ところがその男は、いつまでもいつまでも付いてくる。

「こらあ、こっちは電動自転車だ。いくらお前ががんばったって、最後にはこっちが勝つんだ」

途中、そんな自慢までしながら、しつこく追いかけてくる。

（いつまで付いて来る気なのよ）

何度も後ろを振り返りながら、男の様子をうかがうと、彼の息づかいは荒く、ポロシャツの裾はせり出た腹の上までまくれ上がって臍《へそ》は丸出し。なのにいつまでたっても距離は開かない。意外に脚力はあるのであった。

(げええ、まだ付いてくる)

とにかく彼女は必死で自転車を漕ぎ続けた。男はしばらく無言だったが、突然、

「警察だー、止まれえ、止まりなさーい」

と叫んだ。

(警察？　無灯で走っていたわけでもないし、盗難車でもない。なのにどうして私が警察に追いかけられなきゃいけないの。だいたい警察の人かどうかもわからないじゃない)

さらに自転車を漕ぎ続けたものの、彼女は男のあまりのしつこさに、

疑問を持ち始めた。変質者だったら、ここまでしつこく追いかけて来るだろうか。追いつけないとわかった時点で、あきらめて別のターゲットを狙うのではないだろうか。あれこれ犯罪者の心理などを考えながら漕いでいると、背後からは、

「警察だー。止まりなさーい」

と大声が聞こえてくる。彼女はもしかしたらと思い、それでも人気《ひとけ》のないところでは嫌なので、コンビニがあるところまで走って、店の前で自転車を止めた。男も汗だくになり、腹を丸出しにしながらやってきた。電動自転車だといばったわりには、結局、追いつけなかった。身構えた彼女に、男は息をはずませ、汗をぬぐいながら警察手帳を見せた。

「こんな夜中に自転車に乗って何をしている。理由をいいなさい、理由を」

彼女は今まで仕事をしていて、これから家に帰るのだと説明した。彼は自分は警察に勤務していて、最近は物騒なので、休みの日には付近一帯の治安を守るため、自前の電動自転車で見回りをしているという。

「気をつけて帰りなさい。これからはあまり夜遅く、出歩くんじゃないよ」

彼は去っていった。

「でもいまだに、どうして私が追いかけられたかわからないんです」

彼女は長い髪を垂らしていて、スカートを穿いていた。深夜徘徊している男性と間違えられたわけではないのだ。

それ以降、彼女の周辺には不審な動きはなかった。よからぬ奴だと警官を装い、接点を持ったのをいいことに、呼び出したりする輩もいるようだがそれはなかった。その点では彼は嘘をいっていなかった可能性が大きい。しかし見せてもらった警察手帳は、はじめて見たものだから、本物かどうかわからない。警察の人なのか、警察マニアで私服警官の逮捕プレイをしたかったのか、実のところは確証はとれていないのである。以前は若い女の子は、早く家に帰れと注意されるだけだったけれども、最近は不審者としてチェックされるようになった。世の中の犯罪を考えると、女性の犯罪も多いし、場合によっては女性の犯罪のほうが残酷だったりするから仕方がないのだろうか。電動自転車男が本当に警察の人だったとすると、彼の目にとまった、深夜に行動する人々は、とりあえずみんな「怪しい奴」扱いになってしまうのだろう。

私は新聞はとっていないので、事件はほとんどテレビのニュースで知る。スポーツ中継とニュースはよく見る。テレビの害を説く人々によると、いちばん問題があるのはニュースだそうである。何気なく見ていても、潜在的にいつか自分も被害者になるのではという不安が頭をもたげ、疑心暗鬼を生ずるらしい。そのとおり、私の心のなかにはありもしない鬼の姿が浮かんだし、私とは立場は違えど、電動自転車男にも鬼の姿が浮かんだのだ。

買い物に行ったら、私に変な人と疑われていたことなど夢にも思っていないであろう、豆腐屋さんのお兄ちゃんがラッパを吹きながら歩いてきた。私は目を合わせられない。懐かしい「ぱーぷー」の音に惹かれるのか、おばさんが立ち止まって、次々に豆腐や油揚げを買っていく。すでに顔なじみのお客さんもいるらしく、親しげに立ち話もしている。そういう昔ながらの会話のある買い物姿を目にするたびに、ますます私の身は縮んでいく。これから精神的にマイナスな要素がある情報は極力排除しよう。そして今度彼と出くわしたら、おわびのしるしに湯葉と油揚げを買ってあげようと、深く反省したのである。

目撃、こまどり姉妹！

街で有名人を見かけると、どこかうれしい。若いころは、

「あら、○○だわ」

と思っても、あんたなんかに興味はないわと見てみないふりをしていたのに、この歳になると興味津々である。すり寄って肩は叩かないまでも、

「見ちゃった。ふふ」

と小さな喜びがわいてくるのである。しかし自分のなかで、心の琴

線に触れる人と触れない人がいる。去年、うちの近所で、青空球児・好児の、

「げろげ～ろ」

といわないほうの人を見たときは、興奮した。

「うわあ、やったあ」

という気分だった。

うちのマンションは、大家さんの住居を含めて八世帯なのだが、四年ほど前、某芸人の男性が住んでいたことがあった。一世を風靡したが、そろそろ落ち目になったころ、引っ越してきたのである。私が姿を見たのは一度だけで、それも帽子を目深にかぶっていたので、怪しい奴が入り込んだのかと疑ったくらいであった。ある日、近所に住ん

でいる友だちが、うちのマンションの下を歩いていたら、頭上からごみが降ってきた。思わず見上げたら、ちりとりを窓の外に出してひっくりかえしている男と目があった。それは芸人の男性であった。そのごみというのが、トイレの床を掃除したものらしく、多くの下《しも》の毛が含まれており、友だち（♀）は、思わず、

「汚いじゃないかあ」

と怒鳴りつけた。その声を聞いてあわてて彼は顔を引っ込めた。彼女は、

「人の頭の上に下の毛を落とすとは何事か」

と激怒して、その話はあっという間に友だち連絡網で広まり、

「常識のない下の毛芸人」

と私たちは罵《ののし》った。

「あんな腐った根性だから、売れなくなるのよねーっ」

といっていたら、一年たらずで引っ越していって、テレビにも出なくなった。彼は別にどうでもいいが、有名人が同じ場所に住んでいると、新鮮味はなくなる。あらっ、見かけちゃったというのがいいのである。

私の別の友だちは、彼女自身、相当な有名人なのだが、

「新幹線の中で、瀬川瑛子さんを見ちゃったっ」

ととってもうれしそうに話したことがある。自分の体内にある「見てうれしい有名人スイッチ」が入ると、一般人に戻るようなのである。

「わあ、すごーい。モーモーいってた？」

「ううん、いってなかった」

当たり前である。いつも瀬川瑛子さんは、モーモーいっているわけではない。でも私たちとしては、

「モー」

の鳴き声を聞いたら、もっとうれしいなあと期待してしまうのである。

その後、私は三味線の稽古の帰りに、浅草でこまどり姉妹の妹さんのほうを見かけた。私はめったにそんなことはないのだが、思わず後をついていってしまった。こまどり姉妹は私のなかで、「ものすごく見てうれしい有名人」なのだ。帰ってきてすぐ、瀬川さんを見た友だちに、

「こまどり姉妹の葉子さんを見た」

といったら、彼女は、

「わあ、うらやましーい。こまどり姉妹はいいわよーっ」

と絶叫した。

「ねえ、どうだった。ぼろぼろだった？」

彼女はにこにこしながら、聞いてきた。

「それがね、思ったよりもずっと若々しかったのよ。着ているものも、趣味の悪くないスポーツウエアの上下で、スニーカーも流行のデザインのものだったし。たしかにお化粧はしてたけど、そんなに厚くなかったよ」

「へえ、そうなんだ」

友だちはうなずいていたが、私もこういっては失礼だが、ぼろぼろではなかったので意外だった。歌謡曲の世界の人は、洋服の趣味がださいというイメージがある。化粧も厚い。こまどり姉妹はきもの姿で、そして派手だった。人前に出るときは気合いが入ってあれだから、人前に出ないときはどれだけださいかと勝手に想像していたのに、スポーティでこざっぱりなさっていた。葉子さんは買い物のために店に入ったので、私はそれを見届けて帰ってきた。厳密には片割れだけであるが、

「こまどり姉妹を見た」

という事実が、とても幸せな気分にさせてくれたのである。

私が子供のころに、双子の歌手で人気があったのは、「こまどり姉

妹」と「ザ・ピーナッツ」だった。こまどり姉妹は純日本的歌謡曲、ザ・ピーナッツのほうは都会的なポップス系で、傾向は正反対だが私は両方好きだった。もし妹がいたら私は絶対に「こまどり姉妹」の真似をしていたと思う。ラメのお洒落《しゃれ》なドレスで歌い踊る「ザ・ピーナッツ」ではなく、きものに三味線の「こまどり姉妹」の真似をしたかった自分が、現在の自分の姿とだぶって、なるほどなあと思ったりする。やっぱり都会的なお洒落系よりも、土着的なほうが私の質《たち》に合っているらしい。

先日、テレビで「昭和歌謡大全集」という番組があった。出演者はこまどり姉妹、島倉千代子、大津美子、青山和子、松村和子、笹みどり、松山恵子、岸千恵子、神楽坂浮子、美空ひばり、淡谷のり子、春日八郎、三橋美智也、村田英雄、三波春夫、岡晴夫、岡本敦郎、井沢八郎、佐々木新一、大下八郎、三船浩、藤島桓夫、新川二朗、三浦洸一、田端義夫、他多数という、まさにタイトルそのものだ。彼らの名前をじっと眺めていて、いったい誰が生きていて、誰が亡くなっているか、わけがわからなくなってきた。はっきり認識している人もいるが、微妙なラインの人もいる。

「さて、どうだったかしら」

と考えていたが、見ればわかるじゃないかとDVDを再生すると、スタジオにはみなさん集まっていたものの(もちろん物故者は不参加)、そこで歌うわけではなく、かつてのVTRを流しただけ。諸般の事情で昔のように歌が歌えないのか、ギャラの問題で歌唱なしになったのか、それとも以前、この連載で書いたみたいに、脚が弱くなってマイクの前まで移動できなくなったのか、とにかくみなさん、ずっと椅子にお座りだった。だから物故者もとりあえず番組にはVTRで出演可能なのだった。

昔のVTRを見ていて驚いたのは、生バンドの指揮者の真ん前に、きもの姿の三味線担当のお姐《ねえ》さんが座っていたことである。出番でないときは、ちんまりとお座りになっているけれども、芸者ものの伴奏になると、撥《ばち》を手にしてしゃかしゃかと見事に弾いておられた。スーツに蝶ネクタイ姿のトロンボーン、ウッドベース、ドラム、ギター奏者にまじって、きもの姿のお姐さんたちが鎮座しているのは、不思議な光景だったが、ものすごく面白くもあった。邦楽と歌謡曲が微妙に融合している時代だったとよくわかる。

芸者さんが歌謡曲の番組に出て歌うことも多かったし、ドレスよりもきもの姿の女性歌手のほうが多かった。キンカン提供の「素人民謡名人戦」という番組もあり、毎週、東京タワーのスタジオから生放送されていた。民謡番組が成り立つ世の中だった。子供の私がどうして毎週見ていたのかわからないが、きっと無視できない何かがあったのだろう。たしか審査員に年輩の女性がいて、その人がいつもきもの姿で、きれいだなあと思いながら見ていた覚えはある。「こまどり姉妹」と同じように、きもの姿に惹かれていたのか。他にもきもの姿の女性歌手はたくさんいたのに、きものの趣味が合うわけでもないのに、私のなかでは「こまどり姉妹」は特別な存在だった。「こまどり姉妹」

と聞いて、まず口から出るのは、「おねいさんの、爪弾く三味線に……」の「浅草姉妹」。「津軽の海を越えてきた……」の「ソーラン渡り鳥」。歌い出しは忘れてしまったが、歌の途中に「アリューシャン……」という小唄とは全く関係がないと思われるアラスカの列島名が入る「アリューシャン小唄」。どれも明るい曲調で大好きだった。録画した番組では「ソーラン渡り鳥」が聴け、一緒に歌ったりしてとても懐かしかった。これこそ日本の歌ではないかと感動した。日本人はあっちとこっちを持ってきてつなげるのがうまい。「こまどり姉妹」は民謡と歌謡曲。橋幸夫の「恋のメキシカンロック」とか「スイム！スイム！スイム！」も怪しい曲だが歌謡曲として大ＯＫだ。そういえば「お祭りマンボ」っていう曲もあった。今、それを引き継いでいるのは、松平健の「マツケンサンバ」だろうか。歌謡曲とラテンの融合。どことなくハイカラな気分が味わえるというわけだ。

今の若いミュージシャンのなかには、信じられないくらいのリズム感で、黒人に匹敵するほどの能力を持っている人もいるが、それはごくまれだ。どこかで日本人として突然変異を起こしたのであろう。多くの日本人はDNAに持っているのが音頭のリズムだろうから、あのような細かいビートより、ラテンのリズムのほうが体質に合っている。ださいと思いながら、私も結構嫌いじゃなかったりする。次に目撃したいのは、松平健である。普段着ではなくて、「マツケンサンバ」のラメ着物のいでたちで、路地にふっといてくれるとものすごくうれしい。そんなことを考えている自分が、どっぷり日本土着のおばちゃんになっているなあと、しみじみ感じる今日このごろである。

工事の騒音、ピアノの騒音

私の住んでいる場所は、ごくごく普通の住宅地で、日中、仕事をしているといろいろな音が聞こえてくる。最近は住宅の建て替えやリフォームで、工事の音が絶えることがない。いつも不思議に感じるのだが、町内で一軒、建て替えやリフォームをはじめると、必ず周辺で同じように工事をはじめる家があるのは、なぜなのだろうか。見ていてうらやましくなってきて、

「私の家も」

と思うのか、それともリフォームを勧める、建設会社の営業マンの口車にのっかってしまうのか、たまたまリフォームしたいという気分がその辺りの世帯で集中的に盛り上がるのか、あっちでもこっちでも工事の音がする。先日も夜の十一時過ぎまで音がしているので、何事かと見てみたら、ライトをつけて数人の大工さんたちが働いていた。納期に間に合わせるために、そうしないといけなかったのだろうが、大工さんも大変だが、周辺の住民も騒音の問題があっていろいろと大変なのである。それも戸を閉める冬場にやってもらえればうるさくないのに、戸を開け放す気候のいいときに限って、工事が集中する。

「どうして戸を閉めきる時期にしないのかしら」

と友だちにいったら、

「だって、気候のいいときのほうが、大工さんが働きやすいじゃない。寒いときはやっぱりやりたくないいんじゃないの」

という。たしかに外で働く人のことを考えると、気候のいい時期のほうがいい。しかし騒音を考えると、仕事をしていて、バリバリと大きな音が聞こえてくると、

「うるさいな」

と思うのは事実なのである。

今年の私の夏は、猛暑と工事の騒音が、毎日襲ってきていた。戸を開け放って仕事をしていると、そこここから工事の音が耳に入ってくる。暑くて鬱陶《うっとう》しいし、そのうえ騒音となると、ただでさえ最近は頭の働きが鈍くなってきて、原稿を書く速度が遅くなってきているとい

うのに、余計、時間がかかる。なかにはそれにまじって、近所の日曜大工のおじさんも参入して、突然、電動のこぎりや、金物をがんがん叩くものすごい音が聞こえてきたりする。

「うるさいな、全く」

口に出していうと、少し気が晴れるのであるが、工事の音は正午から一時間中断すると、夕方まで途切れないので、正午と夕方五時に音がやむと、本当にほっとしたものだった。

ところがその工事の音が途絶えた隙を狙って、聞こえてきた音がある。それはピアノの練習の音だった。これまでそちらの方向からは聞こえていなかったのに、うちの裏手に引っ越してきた家があって、そこに弾く人がいるらしいのだ。それまで楽器の音が聞こえてきたことはあった。向かいの恐ろしく値段が高いにもかかわらず、鶏小屋のような安普請の建て売り住宅からも、二、三回、つたないバイエルの練習曲が聞こえたが、今は全く音がしない。それと二度ばかり津軽三味線の「津軽じょんがら節」の四小節ばかりが聞こえてきて、

「おお、とうとう近所で津軽三味線をはじめた人がいたか」

と楽しみにしていたのに、それっきりになった。

私も三味線のおさらいをするけれど、音が大きく出ないようにしのび板というものを胴につけたうえに、糸の調子を低くする。電気ものはヘッドフォンをつけられるけれども、アコースティックの生音は、意外と遠くまで響くものだ。三味線の音も好き嫌いがあるだろうし、とにかくなるべく音が周囲に漏れないようにしているのである。しか

しピアノは、よほど防音をきちんとしないと、どうしても音が外に漏れる。私はピアノを習っていたので、練習をしないと弾けないのは理解できるし、あっちこっちつっかえる音が聞こえるのも、仕方がないと思う。しかしピアノを弾いたこともなく、興味がない人にとっては、ただの騒音でしかない。

「下手くそなバイオリンよりはましですよ」

といったって、うるさいものはうるさいのである。

いっとき、ピアノ殺人という事件がそこここで起こったことがあった。隣人がうるさいといってピアノを弾いている家の人を殺したりした。きっとピアノの練習をする人は、

「いつか私も殺されるかも」

とびくびくだったのではないだろうか。最近ではそれなりに普通の家でも、防音ができるようになったから、ピアノの音が殺人にまで発展するという事件は見聞きしなくなった。ピアノを日々集中的に弾かなくてはならない人は、部屋を防音室にリフォームしたりして周囲に気を遣う。そうではなくて、音大に行くわけでもなく、ただ趣味で弾いているけれども、電子ピアノはいやで、おまけに下手となると、周囲にとってはこういう人がいちばん迷惑になってしまうのだ。

うちの近所のピアノを弾いている人は、上手か下手かといわれると、下手ではない。下手ではないが上手でもないのである。のっけに聞こえてきたのは、「乙女の祈り」だった。最初から最後まではいちおう弾けていた。次は「エリーゼのために」である。こちらもそれなりに弾けるのだが、二カ所ほど音を取るのを間違えている。たまたま間違えたのかと、何度も繰り返して練習をしているのを聞いていたら、明らかに記憶違いなのだ。

「だから、そこはミじゃなくてレだよ」

途中、音も抜けたりして、私は自分の原稿よりもその人のピアノの音のほうが気になって仕方がない。それに練習の仕方がとても粗っぽくて、私が先生だったら、

「もうちょっと丁寧に練習をしましょう」

と注意したいくらいであった。

どうも弾いている人は、自信満々といった感じである。たしかに一曲を弾き通せるし、それなりにこれまで努力もしてきたのだろう。で

もどうもまじめに練習をしているという気配が、弾き方からは感じられない。下手でも丁寧に練習していると、聞き苦しくないものだ。通して弾けていても、粗雑な音は聞き苦しい。曲を知らない人にはわからないだろうが、知っている者としては、とっても雑な弾き方なのだった。でもその人はそれで満足している。

「自分はちゃんと弾けている」

というつもりなのだろうが、私としては、

「そんなもんで、弾けていると思ってちゃいけませんよ」

といいたくなるのである。

弾く人は近所に気を遣っていたらしく、音が聞こえるのは昼から二時間おきに三十分ずつだった。ピアノの音が聞こえてくると、

「あれから二時間たったのか」

と時計がわりにしていたが、毎日毎日、中途半端に弾ける「乙女の祈り」と「エリーゼのために」を延々と聞かされると、いくら三十分でも、ああ、またかとため息が出る。それも一生懸命に練習をして、少しずつ弾ける小節が増えていっていれば、

「よくがんばってるな。前に比べてあれだけ弾けるようになった」

とこちらも楽しみになる。全曲を中途半端な粗雑な演奏で聞かされるよりは、曲の四分の一でもいいから、丁寧に弾いたものを聞かされたほうがずっと心地いい。でも私も若いころはこの人と同じようなタイプだったので、気持ちはすごくよくわかる。ひととおり弾けると、すべてマスターしたと勘違いして、調子に乗ってしまうのである。私

はそのことを、三味線を習ってはじめて認識し、反省して心を入れ替えた。自分もそうだったなあと感慨に耽っていたけれども、実際問題として、聞き苦しいのは事実なのである。

演奏を聞かされ続けて二カ月たったとき、不思議なことに気がついた。その人は、どういうわけだか、弾くたびにだんだん下手になっていくのだ。

「なんで？」

私は首をかしげた。いちばん最初がいちばん上手だった。毎日、ちゃんと時間を決めて弾いていたのに、前に弾けたところも、指がもつれて弾けなくなるなんて、わけがわからない。楽器を弾いていると、楽譜のなかでどうがんばってもうまく弾けないという部分があって、同じところでひっかかることはあるが、練習していくうちに、何とか少しずつ弾けるようになっていくものだ。弾くたびに下手になっていく人も珍しい。いったい何がその人に起こったのだろうか。

その家の前を通るたびに、いったい誰が弾いているのかと、気になって仕方がなかったのだが、わからなかった。そして猛暑も去り、窓を開け放していると肌寒くなってきたころ、そのピアノの音はぷっつりと途絶えた。近所のいちばん大きな工事の音が途絶えたのと、ほぼ同時期であった。いくら窓を閉めたとしても、ピアノの音はかすかに漏れてくるものだ。それなのに全く聞こえてこない。夏場、嫌というほど聞かされて、近所から苦情が出たのか、それとも弾けば弾くほど下手になる逆効果にうんざりして、ピアノを放棄したのか。聞こえてこなくて寂しいということは全くないのだが気にはなる。もしも部屋が防音室なのにもかかわらず、猛暑のなか、近所に聞こえるように弾いていたのだったら、ちょっと怒りたい。もしかしたら工事の音にまぎれて弾くのが趣味だったのか。真実は全くわからないのだが、冬場になってあのピアノの音が復活したら、私はほっとするよりも、ああ、またかとため息をついてしまうだろう。その人には気の毒であるが、復活しないことを祈っているのである。

運命の鈴の音

近所を歩いていたら、高い生け垣のある家の奥のほうから、小さな鈴の音が、ちりちりと聞こえてきた。鈴の音といったら、ネコの首輪の音と決まっているので、こうなったらそのネコの姿を見ないと気が済まない。私は鼠鳴きをしておびき寄せようとした。

「チチチチ」

と鳴いて、耳をすませて様子をうかがった。すると、鈴の音が近付いてくる。よし、いい調子だと、

「どうしたのー、遊んでるの。こっちにおいで。お顔を見せて」
と声をかけた。鈴の音はますます近付いてくる。向こうも警戒を解いたのであろう。首輪に鈴をつけて出てくるのは、茶トラかぶちか黒ちゃんかと、大きくなる鈴の音を聞きながら、満面に笑みを浮かべて待っていた。さあ、かわいいネコが姿を現すぞと意気込んで、おのずと姿勢は前のめりである。

「わあっ」

姿を現したものを見て、思わず私はとびのいてしまった。それは白衣を着た中華屋の出前のおっさんだった。おじさんの手には大きな財布が握られていて、そこには小さな鈴がつけられていた。ネコ馬鹿の私はその音に反応してしまったのである。声を上げてとびのいた私を

見て、おっさんも、

(何ですか？)

と驚いた顔をしていたが、何事もなかったかのように自転車に乗って去っていった。私の発した言葉が彼の耳に入っていなかったのが、せめてもの幸いであった。

(きゃー、恥ずかしーい)

誰にばれたわけではないが、あんなに恥ずかしかったことはなかった。衝撃と落胆でかーっと頭に血が上り、顔を真っ赤にして歩いていたに違いない。

それから鈴の音には注意をするようになった。鈴の音はネコの首輪だと思うのが、一時代前の感覚である。私が子供のときは、お母さんたちがま口に、鈴の根付けをつけていることが多かった。すられたり落としたりしたときにすぐわかるように、またささやかなお洒落の意味もあっただろうが、今はそういうことをしている人も少ない。これは二時代前の風俗だ。考えてみれば、昔は鈴はとても身近にあるものだった。四歳くらいのころ、おもちゃ屋で鈴を買ってもらったことがあった。幼稚園や小学校で使う、輪っかに鈴が五個くらいついているものだ。誕生日かクリスマスプレゼントに買ってもらって、興奮した私はその鈴をしゃんしゃんと鳴らしまくり、親が、

「いい加減でやめろ」

というのも聞かず、しまいには興奮のあまり、鼻血を出してぶっ倒れたといういわくつきのおもちゃだった。どうしてあんなに鈴の音が

楽しかったのかわからない。

また、友だちは高校受験のとき、合格祈願で近くの神社に行って、賽銭《さいせん》箱の上に下がっている鈴を思いっきり振ったら、ひもが切れて頭上に鈴が落ちてきた。幸い反射的に腕で払いのけたので、大事には至らなかったが、

「合格をお願いしに行ったのに。鈴が頭に当たって、せっかく覚えたものを忘れたら大変だった」

とお母さんともども怒っていた。地方では祭事に馬が参加すると、体に鈴がつけられていることも多い。神社に鈴があるということは、神とつながりがあるという意味だろうし、人々が身につけていたというのは、魔除《まよ》けや御利益《ごりやく》があると思われていたのかもしれない。それ

でも友だちは、鈴のせいですんでのところであぶない状況になり、そして私は鈴に関して、恥ずかしいだけではなく、不思議な経験をしたことがあるのだ。

これは他の旅行関係のエッセイにも書いたことがあるが、八年ほど前、友だち三人とタイに旅行をして、バンコクのあるホテルに宿泊した。二人ずつ二部屋を借り、私ともう一人の友だちが泊まったのは、真ん中にリビンググルームがあり、両側にベッドルームがある造りだった。その前から集中的に変な声を聞いたり、初対面の人の姿が半透明になっていて、その二日後に亡くなったりして、妙な出来事が重なっていた。そういう話を友だちにするたびに、「気のせいだろう」「夢を見たのよ」「寝ぼけてたんじゃないの」といわれていた。私もそう思いたかったが、自分の感覚では夢でも寝ぼけてもいなかった。でも妙な出来事に出くわしていたのである。

市内にあるお寺を観光した夜、私は部屋で寝ていた。寝苦しくも何ともなく、快適な部屋だった。そして私は、

「ちりーん」

という今まで聞いたことがないような、きれいな鈴の音で目が覚めた。その瞬間、

(出た！)

と直感した。それは窓の方向から聞こえた。私はそれまで友だちから、夢だろう、寝ぼけていたのではといわれていたので、自分が寝ぼけていないのを確認し、部屋のデジタル時計を見て、時間も確認した。

絶対に私はそのとき起きていたのである。が、怖くて音のするほうを見ることはできない。

(いったい、どうしたらいいんだ)

と思いつつ、いちおう仏教国だから、念仏を唱えたほうがいいかと思い、南無阿弥陀仏、南無妙法蓮華経とそれしか知らない言葉を、目をつぶって手を合わせてぶつぶつと唱えた。すると二度目に、ちりーんと音がして、ドアのほうに音が移動した。それはベッドの足下のほうである。明らかにその音を発するものは、移動したのである。

(ああ、移動してる)

目を開ける勇気はない。ただひとつ救いなのは、その鈴の音があまりにきれいなことだった。心が洗われるような本当にきれいな音だったので、私の身に悪事は起こらないだろうとは想像できたが、それでも正直いって気持ちのいいものではない。

「ちりーん」

三度目に聞こえたのは、何とドアの外だった。ドアを開ける音など一切、聞こえていないのに、鈴の音はドアを通り抜けていったのだ。

(こりゃ、ますます本物だ)

自分から音が遠ざかってくれたのは、ほっとしたが、これからどうなるのかわからない。最後に聞こえたのは、ばたんという部屋のドアが閉められた音だった。相当に力をいれてドアを閉めないと、そんな音は出ないくらいに、はっきり聞こえた。それっきり鈴の音は聞こえなくなった。翌日、朝食を食べながら反対側のベッドルームに寝てい

た友だちに、

「夜中に起きてリビングルームにいた？」

と聞くと、

「ううん、ずっと朝まで寝てた」

という。彼女にはその音は聞こえていなかったのだ。

その音について、私はずっと気になっていた。先日、会食をした方のなかに、そのような事柄に詳しい人がいらしたので、この話をしたら、

「それは間違いなく出ましたね」

と淡々といわれた。

「どうして他の友だちのところじゃなくて、私のところに出たんで

しょう」

「それはたまたま通り道だったのでは。でも多くの場合、わかってもらえない人のところへは出ませんね」

「悪いことが起きる前兆ではないと思うんですけど」

「それは全くないです。とてもきれいな音だったんでしょう。それはあなたにとって、とってもいい出来事だったんですよ。それから本が売れるようになったでしょう」

売れるようになったかどうかは別だが、突然、実家建築話が持ち上がって、そのために貯金を全部はたかなくてはならなくなり、質屋にまで行ったときには、

「この先、実家のローンを抱えて、いったいどうなるのだろうか」

と不安になったけれども、問題なく日々の生活が送れ、それなりに欲しいものも買えるのは、恵まれていると思う。

「これからあなたは、少なくともあと二、三回、鈴の音を聞きますよ。そしてそのたびにいいことが必ず起きます」

「はあ、そうですか」

いちおうはほっとしたが、どういうときに鈴の音が聞こえるのかはわからない。ホテルで聞いたその次に鈴の音にはっとしたのは、ネコと間違えた白衣のおっさんに出くわしたときなのだ。

「あのことじゃないわ、絶対に」

必死にそう思おうとした。鈴の音をきっかけに、そのおっさんと恋に落ちるシナリオが、運命上、書いてあったとしても、向こうもそうだろうが、私も自らそのシナリオは破り捨てたい。だいたい、おっさんの顔すら覚えていないのだ。

もうひとつ心配なのは、夜中、せっかく鈴を振って来てくれたのに、私が全く気がつかない場合である。眠れないということがないので、いったん寝るとネコに起こされるまで、

「がーっ」


と寝ている。もしかしたら家にやってきてくれて、

「ほら、ちょっと、あなた、起きてこの音を聞きなさいよ」

と枕元で必死に鈴を振ってくれているのに、私はネコと一緒に口をあんぐりと開けて、寝込んでいる可能性だってある。そうだったら、本当に申し訳ない限りである。気づかないうちにすでに三回、来訪済

みだったらどうしよう。これから先、きれいな鈴の音を聞くかどうかはわからないが、

「また、聞ける機会がありますように」

と願いつつ、日々、寝る前に緊張している私なのである。

ネコバカの歌

ネコを飼っている友だちが、

「漫画家の人って、ちょっと変わっているような気がする」

といいながら、見終わった漫画の文庫本をくれた。それは何人かの漫画家の方々が、自分たちの飼っている、あるいは飼っていたネコについて描いたアンソロジーだった。

「変わった人は多いらしいね」

と私はぱらぱらとページをめくった。

漫画家の方々からすれば、

「何をいうか」

とお叱りを受けそうだが、これまでに私の耳には、個人名ではないが、いろいろな漫画家の話は入ってきていた。

億ションを購入するときに、不動産屋に行って店内をぐるりと見回し、一枚の間取り図を指さして、

「これくださいい」

といったとか、それなりの年齢であるのに、パーティに七五三のようなものすごいド派手なきもの姿で現れたとか。変わっているといわれても仕方がないかなあという印象を持つ反面、漫画家という職業は、物書きよりもはるかにストレスがたまる仕事だ。また売れれば物書き

の何十倍もの収入を得ることができる。だから金銭感覚も一般人とは違うし、ストレスを発散するためにド派手になってしまうというのも、わかるような気がするのだ。

私は人間が死ぬ話よりも、動物が死ぬ話のほうに何十倍も衝撃を受けるので、文庫本のページをめくりながら悲しそうな話は読まないことにした。そのなかでぎょっとした部分があった。バーで知り合いと飼いネコ自慢をしていた漫画家が、自作の飼いネコのテーマソングを歌うという話だった。実は私も、しいを膝の上にのせていたり、抱っこしているときに、無意識にわけのわからぬ歌を口ずさんでいることに気づいていた。さあ、テーマソングを作りましょうというのではなく、即興で口をついて出てくる。私としては飼いネコとの心温まる交流のひとときと思っていたが、客観的に考えると問題かもしれない。

漫画の中でもネコを飼っている者同士は、歌を歌って盛り上がっているのであるが、それを見たバーテンダーがおびえた目をして描かれていた。

「ネコを飼ってる人間には理解できるけど、そうでない人にとっては、信じられない出来事なんだわ」

漫画家の人は変わっているといいながら、自分も同じことをしていたのである。

私の「しいのテーマソング」第一作は、

「好き好きしいちゃんの歌」

である。

「好き好きしいちゃん　好き好きしいちゃん　しいちゃんとってもかわいいの　どうしてそんなにかわいいの　まあるいおめめもぱっちりよ　そしてとってもおりこうさん　好き好きしいちゃん　好き好きしいちゃん……（気が済むまでエンドレスで続く）」

第二作、三作は、

「美人ちゃんの歌」「ぶんぶんしいちゃんの歌」

である。

「あたしはとっても美人ちゃん　見る人みんながそういうの　頭の分け目も素敵でしょ　きっちりかわいいおかめ分け　うなじのカットもおしゃれだし　肉球もふくふくピンクなの　お口のほくろも素敵でしょ　世界でいちばん美人ちゃん　私の名前はしいちゃんよ　気持ち

はいつでも女王様　誰より誰より強いのよ」

「ぶんぶんしいちゃん　ぶんぶんしいちゃん　空飛ぶポーズがお得意よ　おててもあんよもぶんぶんぶーん　ぐいーっと伸びていい感じ　ぶんぶんしいちゃん元気なの」

……。大バカである。物書きとは思えないボキャブラリーの貧困さと、救い難いネコバカ。この言葉に適当な節をつけて、歌うのであるから、こんな姿を見たら最後、誰もそばに近寄らないだろう。

飼い主自作の歌を聞いて、しいが喜ぶかというとそうではなく、すこぶる迷惑そうな顔をしている。

「好き好きしいちゃん……」

と歌いながらじっと目を見ると、私が歌ってないときはぱっちりと

目を見開いて、こちらを見つめるのに、歌いはじめると、ふっと目をそらす。内心、

(何やってんの、この人)

と呆れているのかもしれない。しいを抱っこしていたら、ごろごろとものすごい音で喉を鳴らしていたので、まあ、こんなに喜んでいるわと気をよくした。

「ねえ、しいちゃん。ずーっとかあちゃんと一緒にいてね」

と耳元でささやいてみたら、ぴたっとごろごろが止まり、

「うーん」

というような表情になった。

「どうしたの？　何でごろごろっていわなくなったの」

と聞いても、だんだん横を向いてしまう。

「そんなこと、約束できないわさ」

といわれているかのようであった。そしてそういう仕打ちをされると、少しでも関係修復をしようと、「好き好きしいちゃんの歌」や「美人ちゃんの歌」「ぶんぶんしいちゃんの歌」を歌ってみるが、しいのごろごろが復活する気配は全くない。はっきりいって、しいは私の歌が嫌いなのだ。

それでも私はしいを抱っこすると、歌を歌わずにはいられない。思わず口をついて出る。書き留めておいた歌詞を見ているわけではないから、歌詞の細かい部分は、そのつど微妙に変わるけれども、大まかなラインは同じだ。私にとっては無条件の飼いネコ賛美なのであるが、いまひとつ相手には理解されていないのが現状なのである。

高校生のとき、隣のクラスの男の子が、同級生の女の子を好きになって、ギターを弾きながらシンガーソングライターの気分で、自作の歌を録音したテープを彼女にプレゼントしたら、速攻でふられたという話があった。自分の思いの丈をぶつけたのだろうが、それは彼女によって見事にばらされた。自分と彼女しか知らない秘密のはずだったのに、昼休みに、同じクラスの男の子に、

「お前、自分の作った歌をあいつに贈ったんだってな」

といわれた彼は、

「えっ」

と驚いた。そして次の瞬間、

「わあぁーっ」

と大声で叫びながら廊下を走って行き、休み時間中、どこかに姿を消していた。それを見てみんなは腹を抱えて大笑いした。彼の恋心は見事に砕け散った。その話を聞いた私も、

「やーね、よくやるわよね」

と笑ったけれど、今になって彼の気持ちがちょっとわかる。笑って悪かったと反省した。きっと彼は彼女を想う気持ちが爆発して、矢も楯もたまらず、歌を作ってしまったのに違いないのだ。

私の場合もそれに近い。抱っこして幸せそうなしいの顔を見ていると、思わず歌が口をついて出てしまう。それはどうしてだか自分でもわからない。私は夫婦二人でネコを飼っている友だちに電話をかけ、

自分のことは隠して、

「何だかさー、自分の家のネコの歌を作っている人っているらしいね。漫画本に出てたんだけど」

と鎌をかけた。すると彼女は、

「そうなのよ。うちの旦那は歌は作らないけど、ネコを抱っこすると歌いながら踊りまくるの」

という。彼は飼っているメスネコを溺愛《できあい》していて、その子を抱っこして、

「森へ行きましょう、娘さん、アッハーハ……」

と歌いながら、リビングルームをいっぱいに使って、ワルツのステップを踏むのだという。もちろん素面《しらふ》でするのである。彼女がまたは

じまったと呆れて見ていると、抱っこされたネコは、

「たすけてー」

と訴えるような目で、じっと彼女のことを見るのだという。しかし拾われた恩義を感じているのか、大暴れをする様子はない。

「いやがってるみたいだから、やめたら」

といっても、旦那の歌と踊りは止まらない。

「ランララ、ランラララ、ラッラーララー……」

ともうすぐ終了という段になると、ネコは、

「あーあ」

というような顔であきらめの表情になり、歌と踊りが終わったとたんに、旦那の腕から飛び出して、たたーっと逃げてしまうといってい

た。

「はあ、なるほど」

これもなかなかすごい。

「じゃあ、歌を歌ったりするのは旦那だけなんだ」

「うーん、まあ、そうね」

私は彼女が少しいい澱《よど》んだのを聞き逃さなかった。そして、

「あなたも何かしてるの」

と突っ込んだら、

「うーん、どういうわけだかねえ、どうしても赤ちゃん言葉になっちゃうのよねえ」

と白状した。ネコの顔を見ると、

「○○でちゅねー」

といってしまうのだそうだ。

「ふーん」

といいながら、私はちょっと安心した。ネコを飼っている人は、どこかネコに対してはバカなのである。しかしいまだに私は、変だよねといった手前、漫画本をくれた友だちには、私が自作の歌を歌っていることを、白状していないのである。

涙の出る歌

近頃は、「泣き」と「笑い」が流行である。お笑いも人気があるが、どちらかというと本でも映画でも「泣き」のほうが主流だ。テレビドラマも一度視聴率がいいとなると、難病物、闘病物が続けて制作されているようで、その安直さには呆れる。映画でも「感動」「涙」の大安売りだ。

「どいつもこいつも、やたらと恋愛したがるうえに、ぴーぴー泣きおって。一人で笑って生きていくという、気概のある奴はおらんのか」

すでに小言おばちゃんと化している私は、冷ややかな目で泣きたがる人々を眺めていた。

といっても、涙腺がないわけではないので、泣くときは泣く。天変地異の被害を受けた方々に対しては、お気の毒でならない。歳をとって涙もろくなってきて、若いころには全く泣かなかったことでも泣くようになった。仲のいい、より添って静かに生きている老夫婦を見たりすると、涙がじんわりと出てくる。昔はただ、

「ふーん」

と見ていただけの景色が、胸にぐっとくるようになった。そういう自覚があるから、わざわざ本を読んだり、映画を見て、泣こうなんて

思わないのだ。

先日、ソファに座ってニュースを見た後に、テレビを切ろうとしたら、手元にリモコンを置くのを忘れていた。膝の上ではネコが気持ちよさそうに爆睡中で、それを起こすのもしのびないので、テレビをつけたままにしておき、編みかけのセーターの袖を編み始めた。ラジオ状態になったテレビからは、「そして歌は誕生した」という番組が流れていた。歌関係の番組なので、ラジオ状態にはうってつけだと、そのまま何気なく聞いていた。氷川きよしの「箱根八里の半次郎」がどのようにしてできたか。その当時は演歌界は着物姿の美人歌手全盛で、演歌歌手志望の若い男性に目をとめる人はいなかった。そんななかで一人の作曲家が青年の歌唱力と人柄に惚れ込んで、二人三脚でオーディションを受けてみたが、すべて断られた。そして最後の最後で今の流行と方向性が全く違うのは承知のうえで、レコード化が決まった。「箱根八里の半次郎」の作詞家は、もとは教師をしていた。楽曲が完成したものの、何度青年が歌っても、いまひとつインパクトがないのを聞いて、作曲家が、

「やだねったら、やだね」

とつぶやいたのを、詞に加えたという。そんな裏話は知らなかったので、素直にへぇボタンを二十回押した。そして想像もしなかったのに、涙がじわっと出てきた。当時の流行からははずれているけれど、青年の才能を見抜いて育て、大人たちが一丸となって売り出し、氷川きよしという歌手を世に送り出した。こういう大人が今いるだろうか

と、ふと考えたら、世の中の流れとは違うが、自分はこれでいいと信念を持った大人たちの気持ちに涙が出たのである。世の中で売れているとなったら、ネコも杓子もだーっとそちらの方向に流れ、そのときだけ短期決戦で儲ければいいやと思い、次の流行がくると節操なくそちらへだだーっと移行する人間の陰で、こういう人々がきちんといた。それがうれしかったのである。

次の曲は「浪花節だよ人生は」で、作曲家の男性は若いころに歌手デビューしたが全く売れず、作曲の勉強をしながら、銀座のクラブで弾き語りをしていた。その店の常連に、大御所の作詞家がいた。作詞家は酒が飲めないのに、毎日銀座のクラブを回っていたという。常々、「銀座にはたくさんのホステスさんが働いている。彼女たちの人生を、すくいとってあげなくてはいけない」

といっていたそうだ。ある日、弾き語りの青年に作詞家が近づいてきて、

「作曲の勉強をしているんだって？」

といって紙ナプキンをポケットに押し込んだ。家に帰って見てみると、詞が書いてあった。青年がそれに曲をつけて、「浪花節だよ人生は」ができあがった。

作詞家は、ホステスさんから、彼は作曲の勉強もしていると聞いて、曲を書かせてみたくなったのだろう。といっても遊びでそんなことはさせないはずだ。いくら勉強をしているといっても、ちゃらんぽらんで軽薄な人間には、誰も自分が関わるような仕事はさせようと思わな

い。彼の姿を見て、何かありそうだ、見込みがありそうだと感じたからこそ、声をかけた。結局、この歌は最初のレコード化から数年たってのヒットとなり、作詞家は売れた状況を知らないで亡くなった。この話でもちょっと涙が出た。作詞家がヒットを知らないで亡くなった件《くだり》ではなく、氷川きよしのときと同じように、大人に愛情があったことにだ。心が広くてゆとりがある。厳しさもあるけれど、根本的に愛情がある。どうも今は組織に属していても、フリーランスでいても、大人がたいした能力もない若者に、媚びへつらっているような気がする。自分たちが才能ある者を引き上げてあげようという気持ちが感じられないのだ。

最後は「涙《なだ》そうそう」だ。

「あら、『涙そうそう』だって」

私は思わず膝の上のネコに声をかけた。うちのネコの好きな曲は、一に「グレゴリオ聖歌」、二に「モーツァルトの交響曲」、三に「涙そうそう」なのである。前の二つは私がCDを聴いていると、すり寄ってきてスピーカーの前でうれしそうに寝てしまった曲だ。

「涙そうそう」は偶然にテレビから流れてきたとき、はっとテレビのほうを見て、じっと聞いていたが、そのうち幸せそうな顔をして、ころりと横になった。夏川りみの他の曲だとそうはならないし、他の歌手がこの曲を歌っていてもそういった反応にはならないので、夏川りみが歌う「涙そうそう」限定で好きだと判明した。気に障る曲だとすぐに別の部屋に逃げてしまうくらい、音には敏感なので、この三曲はネコのお気に入りなのである。

作詞が森山良子で、作曲がBEGINだったことも、森山良子の一歳年上のお兄さんが就寝中の心臓発作で二十三歳で急死したのが、作詞のきっかけになったということも、もちろん知らなかった。夏川りみ自身も演歌歌手でデビューしたものの、全く売れなかった経験をしていたことも知らなかった。

三曲の裏話を見て、頭の中に「基本」という文字が浮かんできた。出てきた人には全員、きっちりと基本があった。歌手として歌が上手という基本、地道に仕事をしているという仕事人としての基本、人間としてまじめに生きているという基本、仕事を大切に考えている基本、人に対して甘いのではなく、厳しさのある愛情を持つという基本。昔は誰がいわなくても、誰にいわれなくても普通に認識していたことが、今は崩れている。

ほとんど編み物の手を休めて、私は画面に見入っていた。「涙そうそう」が流れると、爆睡していたネコがふっと体を起こして、じーっと聴いていた。

「本当にしいちゃんはこの歌が好きねえ」

何度も「涙そうそう」は聴いていた。ところが思いもよらないことが私の身に起きた。目から涙がだだだーっと流れ落ちてきたのである。

(えっ、なんで)

と自分でも驚きながら、ティッシュペーパーを目の下に当てて、吸い取らせたが、近来にないくらい涙が出てくる。膝の上のネコは不思

議そうな顔をして、私の顔を見上げるので、

「どうしたんだろうねえ、かあちゃん、涙が止まらなくなってきたんだよ」

といった。ネコはそれ以上、特別何をするでもなく、じっとテレビのほうに向けて耳を立てていた。

そういえばこういうことがあったと、私は思い出した。今から二十年ほど前だったと思うが、これもたまたまテレビで、りんけんバンドが出ていたのを見ていたら、女性ボーカルの歌を聞いたとたん、全く悲しくないのに、どどーっと涙が出てきたのであった。

「うーん、あれから二回目だな」

どちらも沖縄の女性の歌というところに、秘密がありそうな気がす

る。たしかに歌はとても上手だが、他にも歌の上手な女性歌手はたくさんいる。でも彼女たちの歌にはそうならない。沖縄の女性歌手のCDも何枚か聴いたけれども、こういうふうにはならなかった。歌が上手、沖縄出身というだけではない何かが、彼女たちの歌声にあるのだろう。それはいったい何なのだろうとしばらく考えてみたが、自分の頭ではよくわからないのであった。

それぞれの曲の裏話に、ほろりときていたので、それのとどめできたというわけではなかった。明らかに目から涙を流している自分と、それを冷ややかに見ている自分がいた。天変地異で被災した人を見て、「お気の毒に」と涙する自分とは全く違っていた。自覚していない、心の奥底に溜めこんでいた鬱陶しいものが、声を聞いたとたんに噴き出してきたのかもしれない。

便秘も体に悪いが、涙を流さないのも体によくない。

「最近は、涙もろくなったねえ」

といいながら、私は二十年分の出すべき涙を溜めこんでいた。これは目から出た心の宿便であろう。涙が出た後はすっきりした。わざわざ泣こうとしなくても、人は日々の生活のなかで思いがけずに、そのつど自分なりに泣けるのである。

「ほーら、ごらん」

特別そんなことをしても意味はないのであるが、私は泣くために映画を見に行く人々に向かって、意味もなくいばりたくなったのであった。

本書は、株式会社幻冬舎のご厚意により、幻冬舎文庫『音の細道』を底本といたしました。

群ようこ　Mure Yoko

一九五四年東京都生まれ。日本大学芸術学部卒業。いくつかの仕事を経て本の雑誌社に入社し、八四年「午前零時の玄米パン」でデビュー。『かもめ食堂』『しいちゃん日記』『ぬるい生活』『小美代姐さん愛縁奇縁』『財布のつぶやき』など著書多数。

音の細道

(大活字本シリーズ)

2022年5月20日発行(限定部数700部)

底　本　幻冬舎文庫『音の細道』

定　価　(本体3,100円+税)

著　者　群　ようこ

発行者　並木　則康

発行所　社会福祉法人　埼玉福祉会

埼玉県新座市堀ノ内3—7—31　〒352—0023

電話　048—481—2181

振替　00160—3—24404

印刷製本所　社会福祉法人　埼玉福祉会　印刷事業部

ISBN 978-4-86596-518-6